わが青春無頼帖

増補版

柴田錬三郎

中央公論新社

目次

わが青春無頼帖

増補版

わが青春無頼帖

昭和九年三月――。

私は、岡山県立二中を、四年生で中退して、上京した。

旧制中学は、五年である。しかし、四年を修了すれば、高等学校か私立大学の予科へ入学資格ができる。私は、中学生の生活が、全くイヤになっていたのである。

岡山二中は、一中と比べて、生徒に対して、その私生活に監視の目をひからせた。映画館に入ることを禁じ、冬にマントを羽織るのを禁じた。

私は、映画はあまり好きではなかったが、これを禁止されると、反抗的に、週に一度は入ることにした。そして、当然、しばしば、つかまった。二度までは、説諭で許されたが、三度目には、一週間の停学、四度目は、無期停学をくらった。無期といっても、せいぜい一月であったが、私は、イソイソと、岡山市から、十里ばかりはなれた故郷の海辺の村へ帰って、毎日、小舟を出して、釣をやってくらした。

故郷の家には、祖母と母親が二人くらしていたが、彼女たちをだますことぐらい、私には、朝飯前であった。

校医から、肋膜炎だから一月ばかり静養して来るように、と命じられた、と告げておいたのである。

一月経つと、私は、何食わぬ顔で、岡山市の下宿へ戻って行った。その時、四年を修了したら、中退する肚《はら》をきめていた。

私が、岡山から脱出したい、という気持を起した理由は、もうひとつあった。

当時、岡山の県立私立の中学校の理想は、市の東南にある第六高等学校へ入学することであった。一中も二中も、そして他の中学校も、今年は六高へ何人入ったか、ということを大層な自慢にし、翌年の志望者たちを叱咤勉励するタネにしたのである。岡山県の中学生にとって、六高生になることは、人生の勝利者を意味した。

そこで、運よく、入学できると、文字通り、肩で風をきって、市中を横行闊歩《かっぽ》した。

白線の入った帽子をわざと破り、腰に手拭をぶら下げ、朴歯《ほおば》を高鳴らし、マントをひるがえすスタイルが、少年の理想像だったのである。

そして、まことに滑稽なことに、六高生になるや、たちまち、大阪弁をつかいはじめるのであった。というのは、大阪方面から入って来る者が、ほぼ半数を占めていたので、それに影響され、六高生は大阪弁を使うならわしが、いつの間にか、できていたものであろう。

私は、実は、大阪弁が、反吐《へど》がでるほどきらいであった。大阪弁は、金儲けに一生をついやす商人が使用する言葉であって、いやしくも、将来文化人たらんとする者が口にすべきものではない、という気持があった。

岡山に生れた者が、岡山弁を使うのは、これは、やむを得ない。一人前になったら、標準語になおせばいいではないか。

国立大学へ進むべきエリートが、なぜ、大阪弁を、得意気に使わねばならんのか。それが、私には、気に食わなかった。

そういう下等なならわしをもっている六高へ、入らせることを、生徒たちの理想として、すこしも疑わない岡山県の、どいつもこいつも——校長も、私には、気に食わなかった。父兄どもも、阿呆にみえたし、朴歯を高鳴らしている六高生たちに、唾をひっかけてやりたかった。

私より一年上の親戚の一中生が、四年で六高へパスするや、その日のうちに、朴歯とマントを買い込み、新しい帽子をセッセと破るのを、私は、眺めて、

——こいつは、たぶん、いちばん威ばりかえる政府の小役人になりやがるだろう。

と思った。

すでに、図書館へかよって、古今東西の小説を読みあさっていた私は、どういうタイプの奴が、鼻もちならぬ小役人になるか、およその見当をつけることができたのである。

で——つまり、私は、一日も早く、岡山市から、脱出したかったのである。

四年修了の証明書を受けとった私は、それから二日後には、すでに、東京行きの急行列車に、乗り込んでいた。

私は、ひとっぱしの青年になったつもりであった。

というのも、私は、すでに童貞ではなかった。

前年の夏、私は、偶然のチャンスをとらえて、童貞をすてることに成功していたのである。

夏休みで、故郷の海辺の家へ帰省してみると、遠い親戚の女性が、居候をしていた。

富枝というその女性は、私が物心ついた頃から、時折り遊びに来ていた。私は、よく、のびた爪を、切ってもらった記憶があった。そして、私が、はじめて、女性が美しいものだ、と意識したのは、彼女によってであった。

すでに年老いた祖母と母親と二人きりの家では、鏡台に、性に目覚めた少年の心をときめかす匂いをただよわせる化粧道具は、何ひとつ置かれてはいなかった。

富枝が、遊びに来た時だけ、たちまち、鏡台には、さまざまの化粧道具がならべられたのである。

私は、彼女が入浴した時、風呂場の前を通りかかり、板戸がはずれて、脱衣所に脱ぎすてられた華やかな紅色の下着類に、目をとめて、胸を動悸させたのを、忘れない。小学五年頃であったろうか。

私が、中学に入学した年に、富枝は、津山市の中学校の英語教師と結婚した。当時としては晩婚で、二十七ぐらいになっていた。

したがって、中学四年生の私と再会した富枝は、すでに、三十を過ぎていた。

しかし、私の目には、むかしとすこしも変らぬ美人に映った。事実、唇がやや厚い欠点をのぞけば、彼女は、ほぼ完璧な造作をそなえた貌《かお》だちであった。親戚はもとより、知己の間でも、彼女ほどの美人はいない、という評判をとっていたのである。

私は、富枝が、ちょっと遊びに来たものだ、と思っていた。

ところが、五日経っても、一週間過ぎても、一向に去る様子がなかった。訝《いぶか》った私は、祖母に、その理由を問うた。

祖母は、逡巡《ためら》っていたが、かくしていてもしかたがない、と思ったらしく、富枝が、異様に並はずれて嫉妬ぶかい良人《おっと》の許《もと》から、とうとう堪えきれなくなって、遁《に》げ出して来たのだ、と打明けた。

その嫉妬ぶりは、一例をきいただけでも、戦慄的であった。男の客があって、帰ったあと、富枝が、うっかり、その客が坐っていた座布団へ腰を下ろしたとする。とたんに、良人の拳が、彼女の頬へ降るのであった。富枝は、いったい、なんの理由でなぐられるのか、見当もつかぬままに、悲鳴をあげた。良人に、説明されて、唖然となるばかりであった。四年間も辛抱したが、もうこれ以上堪えていると、死ぬかも知れない、と思い、ついに遁げ出して来たのだ、という。

良人の束縛からまぬがれようとしている人妻。中学四年生にとって、これは、自分の人生ではじめてぶっつかったロマンチシズムであった。

私が、想像しただけで心臓が破裂しそうな興奮をおぼえる計画を、実行に移したのは、三日後であった。

蚊帳《かや》をはぐって、私が、入って行くと、文庫本を読んでいた富枝は、びっくりして、起き上った。

私のただならぬ緊張ぶりを見てとった富枝は、すぐに、私の目的をさとった。

私を幼年の頃から知っている富枝にしてみれば、突如として、自分をセックスの対象として迫って来た少年を、ただもう薄気味わるいものに感じたに相違ない。

とっさに、おとなしくひきさがらせるためには、教師的な口調が効果がある、と考えたらしい。

それは、かえって、逆効果になった。私に、糞度胸をつけさせたのである。もし、彼女が、優しく、哀願するように、拒否したならば、あるいは、私は、スゴスゴとひきさがったかも知れなかった。

私は、矢庭に、富枝にとびかかった。

もし、その時、彼女が、私を絶対に拒否したかったならば、声をたてればよかったのである。部屋が廊下をへだてていたとはいえ、目覚めやすい老婆や中年の女の耳には、すぐにとどいた筈《はず》である。

富枝は、声を殺して、「だめ！　だめ！　いけません！」と抵抗した。

当時は、ズロースなどはいている女性は、きわめて稀《まれ》であった。私の左手が、偶然にも、そこへふれると、彼女は、抵抗を止《や》めた。

「一度だけですよ、いいですか、今夜だけですよ」

富枝は、念を押してから、自身から両手をのばし、私の頸《くび》を抱き、唇へ口を受けたのであった。

私は、一度だけ、と念を押されたにもかかわらず、翌夜も、その次の夜も、忍んで行った。

富枝は、六日後に去ったが、あるいはもっと長く滞在する予定であったに相違ない。

祖母も母も、私に向かっては何も言わなかったが、すでに幾夜めかに気がついて、富枝を去らせたのであったろう。

私の小説「図々しい奴」の主人公戸田切人《きりひと》が、岡山一中を中退して、上京の途中、汽車の中で、満州浪人三田村某と知りあい、三田村につれられて、京都で途中下車し、祇園で童貞をすてて、その挙句、淋病にかかる、というくだりがある。

これは、私の経験である。但《ただ》し、切人は童貞であったが、私はそうではなかった。

私をともなって、京都へ降りたのは、満州浪人ではなく、松竹の映画監督の弟と称する男であった。いかにも女たらしらしい、色白の、のっぺりした面《つら》つきであった。

なぜ、私を誘って、途中下車させたのか、後日になって考えたが、わからなかった。気まぐれであったかも知れない。

大曽根某というその男が、私をつれて行ったのは、上七軒の茶屋であった。

私は、中年の男が、綺麗な芸者たちにかこまれて、次から次へ軽口をたたいて、遊ぶさまを、生れてはじめて見物させられた。それは、全く、男冥利《みょうり》につきる光景であった。

三十幾つの人妻と隠微な密通をやって、男女の深奥を知ったつもりになっていた私は、そんなことは、大したことじゃなく、男の世界には、さまざまの愉快な遊びかたがあるのを知った。

午前二時すぎになって、私を小部屋につれて入ったのは、ふっくらと肥えた、餅肌の大女であった。

絶え間なくケラケラと笑い声をたてる女で、私を乗せ乍《なが》らも、なお笑っていた。

その笑い声は、京都から東京までの汽車の中でも、ずうっと耳にこびりついていた。

私が、あまりケラケラと笑う女をきらいになったのは、そのためであろうか。

上京した翌日、私は、屈辱的疼痛で、全身を海老のように歪《ゆが》めて、呻《うめ》かなければならなかったからである。

私は、慶應義塾の文学部予科に入った。入学試験は、きわめてやさしかった。競争率は、二倍になっていなかったし、試験課目には、私のきらいな数学はなかった。

今日、慶應へ入るのが、むつかしくなった、ときいても、私には、どうも信じがたい。

私は、自分の娘が、慶應の文学部の入試を受けるために、一年間必死になって勉強するのを眺めて、腹立たしかった。

私立大学の文学部へ入るのなど、無試験にひとしくなければ、意味がないではないか。

文学部などというところは、就職の目的をもって入るところではない筈である。卒業しても、就職口がないのが、あたりまえである。

私が入った頃、慶應の文学部予科は、六十人しかいなかった。学部にあがって、各科にわかれると、一科に数人になってしまった。私がえらんだ中国文学科には、二人しかいなかった。それでも、卒業すると就職口はなかった。

今日では、五百人が一挙に入る、という。入試を受けるのは、その十倍近い、という。いったい、なんの目的で、こんなに文学部に殺到するのか。

きいただけで、阿呆らしくなるが、これは、むかしの文学部を知る者の愚痴であろうか。

私が一緒に入った六十人のうち、本当に文学を専攻する者は、数人をかぞえるにすぎなかった。他の学生は、経済学部や法学部の入試を受けて、落ちて、文学部へまわされた連中であった。文学とは全く無縁であった。

事実、同窓生で、学問に関係のある仕事をしている者は、二三人である。作家になったのは、私一人である。

今日、五百人卒業して、いったい、幾人が、専攻したものを、役立てているのであろうか。

まことに、日本という国は、ふしぎな文化国家である。

私は、文学とは全く無縁の学生たちと机をならべて、文学を勉強することに、入学して一月も経たないうちに、気がついた。

私が、大学生活六年間、孤独をまもって、同級生とつきあわなかったのは、そのためであった。

＊

私が入学した年から、慶應義塾は、予科を、三田から日吉へ移していた。

これは、私のような田舎者には、ひどく面白くなかった。慶應義塾に入ったのは、三田の丘の上へかよえる愉しみがあったからである。

東横線で二十分もかかる日吉のような田舎へかようくらいなら、早稲田へ入った方がよかった、と思った。

事実、日吉は、ひどいところであった。丘陵の雑木林をとりはらって、赤土の上に、白い校舎がひとつだけ、ポツンと建てられただけの、なんとも殺風景な眺めで、駅から校舎までは、舗装もされてなかった。雨の日などはぬかるんで、靴が泥だらけになった。

駅をはさんで、むこう側には、本屋が一軒、食堂が二軒、安っぽい住宅が数軒、ばらばらとちらばっているだけの、まるで西部劇に出て来るゴースト・タウンの光景を呈していた。

のみならず――。

ファシズムの波は、独立自尊の大学にも押し寄せていて、日吉の予科生は、頭髪をのばしてはならぬ、という校則がつくられた。

おしゃれの伝統を誇る慶應ボーイになった学生たちが、泥だらけの道を歩かせられるのさえ堪え難いのに、頭髪まで切らされてはかなわぬ、と憤激したのはむりもない。

旧制中学は、坊主頭である。高等学校や大学予科生になるよろこびのひとつは、頭髪をのばせるということだった。すでに、中学を卒業すれば、十八歳か十九歳である。一挙に大人になろうと、若い血をたぎらせている年頃である。

奇妙なストライキが、勃発《ぼっぱつ》した。

「頭髪をのばさせろ！」

この要求で、日吉予科生千人が、決起したのである。

まさに、前代未聞のストライキであった。

ある進歩的な社会学の教師が、これを嘲笑したため、学生の一人に、路上で、なぐり倒された。

大学当局は、狼狽し、譲歩して、第一期の日吉予科生には、頭髪をのばすことを、みとめた。その代り、翌年の入学生に対しては、丸坊主になる、という条件つきで入学を許可した。

私のクラスに、典型的な慶應ボーイがいたが、頭脳の方だけがあまりかんばしくなく、落第することになった。落第すれば、頭髪を切らねばならぬ。彼は、泪《なみだ》をのんで、頭髪を切るかわりに、退学して行った。

私は、予科生になると、習作をはじめた。私は、三月ばかりのあいだに、百枚ばかりの習作を、三篇書きあげた。自分では、大層、気に入った。

——おれは、作家になれる才能がある。

そう思った。

どこかの文芸雑誌に投稿したい衝動が起った。しかし、実際に、投稿する勇気はなかった。

当時、「三田文学」には、石坂洋次郎氏が、「若い人」の連載をはじめていて、評判であった。編集の和木清三郎《わきせいざぶろう》氏は、学生たちを、編集所に集めて、その習作を次々と発表させていた。都会的な、しゃれた小説が多かった。南川潤が、そのトップをきっていた。

私は、「三田文学」の仲間に入りたいと思った。しかし、チャンスがなかった。

予科二年になった時、フランス文学の高橋広江氏が、ある日、教室で、「三田文学」の和木さんが、日吉の学生にも、なにか書くチャンスを与えたい、と言っている、とつたえた。

「日吉風景、といった随想でも、書かないか」

そう言う高橋広江氏の視線が、偶然、私に当っていたので、私は、

「書きます」

と、こたえた。

数日して、私は、十枚ばかりの原稿を、高橋氏の手許にさし出した。

高橋氏は、もう一人いないか、と訊ねた。私は、恰度《ちょうど》、せっせと習作を書いている者を知っていた。植松幸一というその学生は、すでに、私などより五つばかり年長であった。駅のむかい側のある官吏の家に下宿していて、私は、ときどき、遊びに行っていた。彼は、机の上に、手製の原稿用紙を積んで、まるで活字のような綺麗な文字で、習作にはげんでいた。

私は、そのうちの二篇ばかり読まされたが、なんとも退屈な私小説であった。私小説というよりも、日常茶飯事を丹念に記した日記であった。

『今朝は、寝ざめた時、気分がわるかった。三十七分間、じっとしていた。起き上る前に、何かをしなければならぬ、と思った。しかし、その何かが、容易に、ハッキリしなかった。三十八分目に、やっと、ハッキリした。鼻毛を切ることであった。私は、昨夜、机に向かっている時、手鏡をのぞき、鼻毛がのびているのに、気がついて、切らなければならない、と思ったのである。しかし、夜、鼻毛を切ることは、イヤだった。そうだ、明朝、目がさめた時、床の中で切ろう、と考えた。私は、やっと、このことを思い出して、手をのばして、枕もとから、爪切りバサミを取って、ゆっくりと鼻毛を切りはじめた。私の気分はよくなった』

ざっと、そんなあんばいの習作であった。

植松幸一は、私に、批評をもとめたが、私には、なんとも言い様がなかった。

私は、高橋氏に、植松幸一にも書かせて欲しい、とたのんだ。

翌月の「三田文学」には、私と植松幸一の日吉風景が掲載された。二人とも、生れてはじめて、文芸雑誌に文章が掲載されたのである。

私は、小説を発表したわけではないので、さほどの感激はなかったが、植松幸一は、興奮して、

「僕は、もう百回も読みかえしてみて、才能の乏しさをおぼえたよ」

と、言い、その「三田文学」の自分の文章に、赤インキで、虫眼鏡で見なければならないほどの小さな字で、無数に、訂正し、書き加えているのを、私に見せたものだった。

植松幸一に就いては、後日談がある。

三年ばかり前のことである。

書斎で、「眠狂四郎」を書いていた私は、家政婦から、

「玄関に、乞食のような装《なり》をした人が、立っていて、動きません。柴田君に会いたい、と言って――」

と、告げられ、

「なんという名か、きいたか？」

「植松と言っています」

私は、とっさに、脳裡《のうり》に、植松幸一を思い泛《うか》べることができないままに、書斎を出て、玄関へ行った。

家政婦が、気味わるがるには無理もないうす穢《ぎた》ない風体であった。

しかし、その貌は、二十余年前とすこしも変ってはいなかった。

「君か――」

私は、まるで植松幸一がこういうおちぶれかたをするのを予想していたように、眺めやった。

「僕は、いま、ニコヨンなんだ」

植松は、視線をそらしたままで、告げた。

「今日、掃除を命じられたところが、君の家の前だったんだ。……君は、出世した。おめでとう」

「べつに、出世じゃない」

「いや、君は、才能があった。あの頃から、君は、ふつうの学生じゃなかった。僕は、今日の君を予想していた」

植松は、そう言ってから、片手をさし出した。

「金をくれないか」

視線は、そらしたままであった。

「いくら欲しいんだ？」

「千円――いや、五百円でもいい」

私は、一万円札を渡した。

「毎月は困るが、半年にいっぺんくらいなら、来たまえ」

私が言うと、植松は、はじめて、チラと私を視《み》た。それから、その一万円札を、ていねいにたたんで、胸のポケットにしまうと、踵《きびす》をまわした。頭は下げなかった。


日吉三年間の予科時代は、とりたてて記すほどのこともない。

乱読の記憶だけがある。

私は、中学時代に、東西の小説を読みあさっていて、もう小説には、倦《あ》いていた。大学の入試勉強をする代りに、トルストイの「戦争と平和」をムキになって、三回読みかえし、それで、小説というものにウンザリしていたのである。

私は、小説を読まなくなった代りに、ファーブルの「昆虫記」だとか、「国訳漢文大成」だとか、風土記のたぐいを乱読しはじめた。

しかし、それが、なにかの役に立つとは思えなかった。ひまだったのである。

私は、陰気で、寡黙な学生だったし、金もなかったので、孤独な世界にとじこもっているよりほかにすべはなかったのである。

　ただ一度、奇妙な経験をした。

　某日、教室に入ると、熊本の五高から転じて来た加藤正一という男が、

「柴田君、たのみがある」

と、寄って来た。

　加藤正一は、九州男子以外の何者でもない風貌と言辞挙動をそなえた男であった。

「駅のむこうの白十字に、サヨコという女がいるだろう」

「ああ――」

「あの娘《こ》に、惚れたんだ。ラブレターを渡してくれないか」

　私は、承知した。

「但し、君が、そのラブレターを書いてくれ」

「僕が、か」

「おれは、文章は書けんのだ。ラブレターなんか、書いたことがない」

　私は、やむなく、引きうけた。

『白十字』というのは、日吉唯一の食堂であった。二階が広く、クラス会は、いつも、そこで催されていた。

　サヨコというのは、たしかに、日吉などに置くのは惜しい、色白のぽっちゃりした娘だ

った。ただ、鼻孔がまる見えになるくらい、鼻が上向いているのが、欠点であった。

私は、一夜をつぶして、ラブレターを書きあげた。

翌日、私は、それを、堀辰雄の本にはさんで、夕方もおそく、『白十字』に行った。

二階は、がらんとして、学生の姿はなかった。この食堂は、昼だけ、にぎわっていた。

学生たちは、授業がおわると、早々に、日吉をひきあげて、東京へ帰ってしまうのであった。

私は、サヨコを呼んで、

「これを、加藤からたのまれた」

と、堀辰雄を手渡した。

ラブレターの封筒をのぞかせておいたので、サヨコは、

「なに、これ？」

と、すぐ、それを、抜いてみた。

「あとで、読んでくれ」

私は、すぐに出て行こうとした。

「待って！」

サヨコは、私をとどめておいて、すぐ、封を切った。

読みおわったサヨコは、私を視ると、

「このラブレター、貴方が書いたのでしょう!」

「いや、加藤だ」

「うそ!」

サヨコは、笑った。

「貴方の字を、わたし、知っているわ」

クラス会かなにかの時、私がペンを走らせるのを、サヨコは見ていたに相違ない。

——しまった!

私は、狼狽した。

「いいじゃないか。加藤が、君を好きなのは、嘘じゃないんだ」

「人にラブレターを書いてもらうような人、わたしは、大きらい!」

サヨコは、叫んだ。

私は、加藤に写させるべきだった、と後悔しながら、

「明日、加藤を来させる」

と、ことわって、出て行こうとした。

「柴田さん!」

サヨコが、私の手をつかんだ。

サヨコの熱っぽいまなざしが、私の心臓を、どきっとさせた。

「わたしは、貴方が好きなんです」

二十歳の青年は、その一言で、敢えなく、グニャグニャとなった。

私とサヨコは、抱擁しあい、三十分間も接吻した。

翌日、私は、加藤正一に、サヨコは、許婚者《いいなずけ》がいるのだそうだ、とごまかした。

私は、しかし、サヨコを好きになったわけではなかった。

数日後、ある学生が、サヨコのことを、白豚、と呼んでいるのをきいて、ゾッとなり、もう二度と、サヨコと接吻すまい、と思った。

そのために、私は、『白十字』の二十七銭のカツライスを食うことを、断念しなければならなかった。実際、そのカツライスは、うまかったのである。

加藤正一は、大学本科一年の時、肺結核になり、自殺した。その時、彼には、すでに、妻子がいた。

＊

私が、はじめて、遊廓へ足をふみ入れたのは、大学予科二年の時であった。

それも、私自身の意志ではなかった。私は、売春婦というものが、きらいであった。今日でもそうである。金のために、売るからだを抱く気がしない。戦後、街巷《ちまた》には、パンパンがあふれたが、私は、ついに、一度も買おうとしなかった。

吉行淳之介は、一時期、東京中の売春婦を買わんばかりの勢いで、夜毎《よごと》彷徨していたが、某夜、新宿のバアで落ち合った時、

「買おうじゃないですか」

と、誘われた。

恰度、その時、三浦朱門君が、そばにいた。

われわれ三人は、新宿遊廓の入口まで、歩いて行った。すると、三浦朱門が、足を停めた。

「僕は、ここで失礼します」

「どうしてだ？」

僕は、けげんの視線を向けた。

「僕は、童貞です」

三浦は、そう言って、頭を下げると、くるりと踵をまわして、去って行った。

「あいつは、近いうち、曽野綾子と結婚するんです」

「結婚するのなら、童貞じゃ困るだろう」

「いや、童貞を処女に捧げ、処女を童貞に捧げ……捧げつ、捧げられつ、するんでしょうな」

吉行は、言った。

「童貞作家というのがいるのか」

私は、啞然となった。

妙な世の中になったものだ、と思った。作家などというものになろうとする料簡《りょうけん》の持主は、生来好色の性癖がなければならぬ、と思い込んでいた。その条件が欠けていて、どうして、小説など書くのが好きになったのか、私には、納得がいかなかった。

その夜、私は、吉行と二人で、とある家を物色して、登楼したが、敵娼《あいかた》を一瞥しただけで、欲情は、消えた。

「いくつだ？」

「十七」

「男に、売られたな？」

「売られたんじゃないんだ。あたいが、彼のために、かせいでやっているのさ。あたいの彼、渋谷のナントカ組の幹部でさ、このあいだ、ちょっとイザコザがあってさ、あいてに、一発くらわせちゃったのよ。あたい、彼の保釈金をつくるためにさ、ちょっと半年ばかり、ここにいるだけさ」

そう言ってケロリとして、

「さ、はやく、してよ」

と、ひっくり返られては、なんとも、話にならない。

私は、ごかんべんねがって、まずいコーヒーをのんで、階下へ降りた。すると、吉行が、人三化七のような敵娼をつれて、降りて来ると、この女を家まで送って行ってやる、という。

私は、吉行がまことに天晴《あっぱ》れな好色漢であることに感服したことだった。

さて、私が、はじめて、売春婦を買ったのも、新宿遊廓であった。

ある日、教室に入ると、Yが寄って来た。私が、親友として心を許したのは、Yだけであった。Yは、東京銀行の外国支店長を勤めている父親を持つ、どちらかといえば、融通のきかない一種の正義漢であった。典型的な東京の山手生れの坊っちゃんであった。

「童貞をすてたいんだ」

Yは、小声で、言った。

私は、Yに恋人がいないことを知っていたので、売春婦によってすてたいのだな、とさとった。

こうした場合、私のわるい癖で、自分はもう女郎買いの達人のような態度を示したくなるのだ。

「どこでだ？　吉原か、それとも、玉ノ井か？」

「新宿がいいよ。あそこの中を、一度通ったことがある」

「いいよ、案内してやる」

実は、私自身一度も、新宿遊廓などに足をふみ入れたことはなかったのである。

しかし、私は、もはや童貞ではなかったし、上京してから、居候している叔父の家の近くにある喫茶店のマダムのツバメのような役割を、半年ばかりつとめていたので、ひとっぱしの放蕩児のつもりであった。

喫茶店のマダムと慶應ボーイ、といえば、ちょっとロマンチックにきこえるが、客が五人も入れば身動きできなくなるほど小さな店で、使傭人を一人も使わずに、ほそぼそとその日ぐらしをしているわびしさに、つい気まぐれな浮気風がしのび込んで、陰気な文学青年を、奥の三畳間へ誘い込んだあんばいであった。

牀《とこ》を敷けば、一杯になって、うっかり起き上ろうとすれば、火鉢で頭を打ってしまうような狭い部屋で、もう四十に手がとどこうとする無器量な後家と、コソコソといとなむ情事は、人に語れるていのものではなかった。そして、そのいとなみは、まことに、あっけない短時間によって、おわっていた。マダムは、亡夫によって、なんの訓練もほどこされず、亡夫のあとは、私が、はじめての相手であった模様である。

私は、Yをつれて、新宿の遊廓に入った。入口に立つ女たちから、ウインクされたり、声をかけられたりし乍ら、しばらく、うろつきまわるうちに、ようやく登楼の度胸ができた。

私は、とある家の前で、

「あれは、どうだ？」

と、Yに、一人の女を指さした。目の細い、鼻のひくい女であったが、どこやら、善良そうな印象であった。

「君は、どうする？」

「僕は、どれでもいいんだ」

私は、おちつきはらってみせた。

私たちは、その家にあがった。

Yとその女は、すぐ、彼女の部屋へ行ってしまい、私は、しばらく、待たされた。

やりてが、ようやく、私を案内してくれた部屋は、コケシだらけであった。私は、その部屋でもまた、二十分あまり待たされた。

女が入って来たとたん、私は、茫然となった。美貌だったのである。女郎にこんな美しい女がいるなどとは、想像もしていなかった。

洗い髪を肩に散らして、湯の香を匂わせている風情も、私の胸をときめかせた。

「ごめんなさい。銭湯へ行って来ちゃった。ふふふ……」

女は、鏡台の前に横坐りになると、肌ぬぎになり、化粧をはじめた。肌も美しかった。

私は、黙って、眺めているよりほかはなかった。

「あんた、童貞？」

女が、訊ねた。

「いや、童貞は、一緒に来た友達の方だ」

「じゃ、あんたは、こういうところへは、よく来るのね？」

「いや、はじめてだ」

「じゃ、相手は可愛い女学生？」

「ちがうよ。四十の後家さんだよ、喫茶店をやっている——」

「そう……。いいかげんで別れないと、ひどい目に遭うわよ」

「そうかな」

「そうよ。あんたを殺して、無理心中するかも知れないよ」

「おどかさんでくれよ」

「あら——」

女は、鏡の中の私の顔を視て、笑い出した。

「ほんとに、怕《こわ》がっている。あんた、ひねくれた顔つきしているくせに、案外、純情ね」

純情と言われたことに、私は、侮辱された憤りをおぼえた。

「早くしてくれよ。友達の方が、済んでしまうじゃないか」

「さきに、帰せばいいじゃないのさ。……わたしはね、明日で、年期があけてさ、福島へ帰るの。だから、あんたが最後の客ってわけ。……四年前に、ここへ来た時、最初の客が、ワセダの学生だったわ。だから、最後の客は、KOボーイにしたかったの。ちょいと、気がきいていて、いい思い出になるでしょう。可愛がってあげる」

女は、化粧がおわり、営業用の長襦袢《ながじゅばん》姿になると、わっ、と叫んで、私に、襲いかかって来た。

その夜、私は、Yと一緒に帰ったか、それとも、おくれて一人で、その家を出たか、記憶にない。

Yが、まるで禁戒を破った坊主のように、しばしば、その目の細い鼻べちゃの女郎の許にかよい出したのを、私が、知ったのは、二月も経ってからであった。私の方は、その後、一度も登楼してはいなかった。

私は、Yに忠告しようか、どうしようか、迷った挙句、黙って、すてておくことにした。

Yは、一年あまりもかよいつづけた模様であった。

私は、喫茶店のマダムとも、縁がきれ、恋愛をしたい気持を昂じさせていた。しかし、その機会は、容易にやって来なかった。

同級生に、Kというのがいた。退役海軍中将の息子で、奇妙な家庭であった。母親は、宝塚少女歌劇の娘たちを後援して、彼女たちを引具《ひきぐ》して、デパートをねりあるいて、贈物してやるのを趣味にしていたし、Kの妹二人は、なんともあきれるばかりヒステリックな声を朝から晩までたてて、女中たちをこきつかっているし、謹厳実直な叔父の家庭に居候している私には、東京の山手の上流家庭というやつは、きちがいじみている、という印象であった。

Kもまた、軽薄才子型で、東京っ子であることをひけらかして得意がる学生であった。私が、Kとつきあったのは、Kが、娘をひっかける腕前を持っていたからである。

ある冬の夜、Kと私は、四谷の『喜よし』という寄席に入った。

そこで、Kは、たちまち、母親連れの娘二人を、ひっかけ、明日銀座のナントカいう喫茶店で午後二時に待っている、というメモをまるめて手渡すことに成功した。

若い女が友達同士でいるのを眺めると、ともに容姿端麗という場合は、まれである。一人が綺麗で、もう一人がひきたて役にまわっている、といったコンビが多い。

寄席でKがひっかけた二人も、例外ではなかった。

われわれは、彼女たちと、交際をはじめたが、Kはあきらかに自分は当然上玉の方を取るのだ、といった態度を、私に示した。

私は、甚だ面白くなかった。

私は、フェア・プレイを主張し、上玉の方を一人だけ呼び出し、膝詰談判によって、われわれのうち、どちらをえらぶか、回答させるべきである、と主張した。

Kは、承知して、彼女を――かりにN子としておく――、三田の喫茶店へ、呼び寄せた。

「君は、僕たちのどっちが、好きか、この場でこたえてくれないか」

Kは、申し入れた。

N子は、そんなことは、こたえられない、とかぶりを振った。

「返辞をしてくれなければ、僕たちが困るんだ」

Kは、しつっこく、くいさがった。

N子は、しばらく俯向《うつむ》いていたが、しいてこたえさせるならば、一人を六分、一人が四分の割合で、好きだ、とこたえた。

「じゃ、六分は、どっちだい？」

Kは、訊ねた。

N子は、それだけは、かんべんして欲しい、と拒否したが、Kは、許さなかった。

そして、ついに、Kは、N子に、六分はKさんの方だ、とこたえさせて、大いに満足した様子であった。

私は、しかし、自分でも意外なくらい、平気であった。N子は、Kと恰度似合ったはずっぽに思われていたからである。

私は、立ち上ると、

「じゃ、僕は、これで失敬する」

さっさと、喫茶店を出た。

その翌日であった。

叔父の家の居間で、ごろごろしていた私は、女中に、電話を告げられた。

N子の声が、受話器の中からひびいた。

「会って下さらない？」

「君は、Kの方が、僕より二分も好きなんだろう」

「昨日までは、そうでした。でも、今日は……、ちがいます」

「どうちがうんだい？」

「貴方の方が七分、いいえ、九分――、Kさんは一分ぐらいになったわ」

「どうして？」

「だって、あれから、Kさんは、貴方の悪口ばかり言って、自分だけ色男ぶるんですもの。だんだんイヤになって、別れる時には、もう顔も見たくなくなったわ」

「………」

「お願い――。会って下さらない？」

――Kがきらいになったから、こんどは、おれを好きになってみよう、というのか。

私は、おめおめと、N子に会いに行くほど、お人好しではなかった。

しかし、このことは、私に、女性観察上のいい経験になった。

私は、爾来《じらい》、女性に対して、共通の友人の悪口を絶対に言わぬことにした。

Kは、戦後、椎名某という筆名で、テレビやラジオのドラマ作家になっている模様であるが、評判はあまりかんばしくないらしい。

＊

私は、大学予科三年の時に、和木清三郎氏が編集する「三田文学」に、出入りするようになった。

すでにその頃、北原武夫、丸岡明氏らは、新進作家として、文壇に登場し、「三田文学」の編集室には、滅多に姿を現わさなかった。「三田文学」で、編集の手伝いをしている人々の中では、南川潤が筆頭であった。

南川潤の小説は、しゃれて、モダンで、東京山手育ちの慶應の学生でなければ書けない小味があった。殊《こと》に、会話が巧妙をきわめていた。

南川潤は、その頃まだ二十三四であったろうが、中年男女の心理の葛藤を書きわけてみせた。私など、とうてい、逆立ちしても、こういう風俗小説は書けそうにもなかった。

和木氏は、南川潤につづく新人を育てようとして、原稿を持って来ることをしきりに、すすめてくれた。

私は、はじめは、評論を書きたいと思っていた。私は、その頃、魯迅を読んでいたので、「阿Q正伝」を中心にした評論を書こうと、ひそかにノートをつくっていた。

そのうちに、ある朝、私は、歯をみがいている時、急に嘔吐感におそわれて、げえっと咽喉《のど》を鳴らした。とたんに、おびただしい血潮が、洗面器にとび散った。

——やられた！

私は、全身から、血が引くショックにおそわれた。当時、肺結核は、死刑の宣告に似ていた。

私は結核専門医である叔父の家に居候していた。叔父をたよっていた結核患者が、バタバタと死んで行くのを見ていただけに、自分が結核菌にむしばまれるのは、やりきれなかった。

私は、懊悩した挙句、叔父にも家庭にも、黙っていることにした。しかし、黙っていることは、まことに苦痛なものであった。

私は、しだいに、ニヒリスチックな気分になった。その気分が、突如として、私に、小説を書かせた。

「十円紙幣」という二十枚ばかりの習作であった。肺結核になった学生が、帰郷して、ぶらぶらしているうちに、ある日、近所の貧家の少年に、少年が野にたれた糞をなめさせて、十円紙幣をくれてやる、というストーリイであった。

このくだりは、後年、「図々しい奴」の中で、岡山城主のおん曹子伊勢田直政と戸田切人とのむすびつきに利用した。

私は、「十円紙幣」を、おそるおそる「三田文学」に持参した。和木氏は、黙って受けとってくれた。しかし、私が、鶴のように首をのばして待ちかまえているにも拘《かかわ》らず、「十円紙幣」は、一向に、掲載される気配がなかった。

たぶん、没にされるのだろう、となかばあきらめかけていた頃、「十円紙幣」は、掲載された。

その頃、「三田文学」には、石坂洋次郎氏の「若い人」の続篇と、美川きよ氏の「女流作家」が連載されていた。

私は、生れてはじめて、自分の小説が活字になったよろこびで、数日は、宙に足が浮いたような気分であった。

「三田文学」の編集室は、交詢社の二階にあった。私たちは、三田で講義をきいたあとは、銀座へ出て、その編集室で、校正を手伝ったり、雑誌が出来ると、発送の仕事をした。

「十円紙幣」の掲載された号を、発送するのは、まことに愉しかった。

それから十日ばかり過ぎて、私が、編集室に顔を出すと、和木氏が、

「君に会いたい、といって、中央公論の編集者が来ている」

と、告げた。

私は、心臓がどきっとなった。

将棋台がならべてある部屋に入って行くと、片隅のソファから、くたびれた恰好をした男が立ち上り、和木氏がひき合せる私に、

「君、いくつです?」

と、問うた。

「二十一歳です」

私がこたえると、うなずいて、

「あの十円紙幣という小説は、君の経験ですか?」

と、訊ねた。

「いいえ、フィクションです」

「まるきり?」

「ええ、そうです」

「ちょっと面白かったので、よかったら、一作書いてもらおうか、と思って来てみたのです。ひとつ、書いてみませんか」

編集者は、私に、名刺を渡した。Sというその編集者は、のちに、編集長になったが、私は再び会う機会を持たなかった。

それから、二十日あまり、私は、夢中で、五十枚ばかりの小説を、三度も四度も書きな

おして、自分の才能の乏しさに、のたうった。

やっと、書きあげて、和木氏の手を通じて、「中央公論」に渡した。

それは、「十円紙幣」で、自分の糞をなめた少年を主人公にして、色きちがいの狂女との友情を描いたものであった。私は、かなりの自惚《うぬぼ》れを抱いていたが、一週間ばかりして、和木氏から、

「中央公論が返して来たよ。ちょっと内容が暗すぎる、というんだ」

と、原稿が返された。

「よかったら、三田文学へのせてやるよ」

和木氏が言ってくれたが、私は、がっかりしていたので、

「もう一度書きなおします」

と辞退して、家へ持ち帰った。

「炎の中の少年」というその習作は、長いあいだ、机の抽斗《ひきだし》へ放り込まれたままであった。

私は、その後、三月に一度ぐらいの割で、習作を、「三田文学」に発表したが、勿論《もちろん》、なんの反響もなかった。

私は、学部に上ると、「中国文学科」をえらんで、魯迅に熱中していて、習作にはあまり夢中にはならなかったせいもあるが、ともかく、ひどく下手糞であった。戦後、偶然の

機会に、その頃の「三田文学」を手に入れて、自分の習作を読みかえしてみて、文字通り、冷汗三斗の思いをした。まことに、目もあてられぬ下手糞さであった。

どうして、あれほど下手糞で、描写力ゼロの私が、職業作家になれたのか、当人がふしぎに思っている。

尤《もっと》も、評論家からは、一度もほめられたことはないから、本質的には私は、いまだ下手糞なのであろう。但し、空想力にはいささか自信があるから、ストーリィで読ませる小説は、二篇や三篇、自慢するに足りるものはある。

私と同じ頃に小説を書きはじめた新人に、早稲田に北條誠がいた。

「文芸汎論」という小さな文芸雑誌に、私はたのまれて二三篇書いたが、それに、北條誠もよく書いていた。これが、非常に巧みな小説であった。南川潤のむこうを張る都会小説で、新人の中では、ずば抜けていた。

雪の朝を、芸者が朝帰りして行く場面など、舌をまかせた。二の字、二の字の下駄のあとに女のあわれさがあった、というくだりなど、私は、あまりのうまさに、自分の才能に比べて、絶望したくらいである。

大学二年になった頃から、私は、習作の意欲がうすれた。

大陸で戦争がはじまっていたし、卒業して就職することがたまらなくイヤになっていた。私は、学究生活を送りたい、という念願を持っていた。しかし、それは、岡山の小地主の三男には、許されぬぜいたくであった。

恰度、その頃、私は、叔父の長女である従妹と結婚したい、という気持を抱いていた。

私は、しかし、まだ、彼女に打明けてはいなかった。

従妹は、美貌であった。典型的な瓜実顔《うりざねがお》で、切長の眸子《ひとみ》がいつも潤んでいて、ふっくらとした鼻梁に気品があった。

ただ、私たちは、幼い頃から、兄妹のようにして育って来たので、なにかの契機がなければ、あいてを恋人として扱うようになるのは、むつかしかった。

その契機は、容易にやって来そうもなかった。

私は、時折り、「三田文学」の先輩にくっついて、吉原や玉ノ井におもむいて、生理上の欲望はみたしていたが、恋愛をするチャンスにはめぐまれなかった。

私は、陰気な、寡黙な学生であり、若い女性たちから好かれる要素は、皆無であった。

後年、私は、幾人かの親しい女性から、

「二十年前の貴方なら、寒気がして、にげ出したに相違ないわ」

と、言われた。

私は、いまでも、人相がわるく、寡黙であるが、どうやら、虚名と年齢のおかげで、それが貫禄のごとく、女性たちから錯覚を起されている模様である。

で――たまに、滑稽なことを口にすると、それが珍しがられ、時として、思いがけぬひろいものをする、というあんばいである。

但し——。

ことわっておくが、私は世間で思われる程、遊蕩児ではない。時どき、「好色の戒め」などという駄文を弄して、自分の行状を臆面もなくさらけ出すので、誤解されるが、当人自身は、案外女性に対しては親切で、純粋な気持を抱いているつもりである。

作家である以上、べつに善良な市民になる料簡はない。自分の行動を、妻や娘の非難をおそれて、制約しなければならぬ、という気持もない。それが、いかにも、私を八方破れにみせている。それだけのことである。

大学三年の夏、私は、故郷へ帰る前日、従妹が部屋へ入って来て、なにか面白い小説を借りたい、とたのんで来た時、不意に、

——いまだ！

と、胸をおどらせた。

私は、「寡婦マルタ」という暗い小説を、書棚から抜き出して来て、従妹の膝に置いた。

そして、不意に、愛情を告げた。

従妹は、びっくりして、私を見かえしたが、全身をかたくして、俯向《うつむ》いてしまった。

私は、彼女に対して、多くを語るべきであった。従妹は、それを待っていたに相違ない。

あいにく、私は、若い処女の期待に応えるような優しい言葉の遣いかたを知らなかった。

私は、いきなり、彼女を抱き寄せて、接吻しようとした。ムードをつくらずに、突如として抱擁しようとすれば、若い処女は、ただ反射的に拒否するばかりである。

私は、拒否され、絶望した。

帰省した私は、母親から、養子の口をすすめられた。

岡山市にある唯一のデパートの経営者の養子になることは、安サラリーマンのくらしからはまぬがれる幸運であった。しかし、あいにく、私は、デパート経営などという仕事は、とうてい、自分に向きそうもなかった。

私は、母親に、にべもなく、

「イヤだね」

と、ことわった。

それから数日して、従妹からの手紙がとどいた。

父にすすめられて、銀行員と見合いをしたが、見合いのあいだ中、貴方のことばかり想っていた、という内容であった。

私は、その手紙を母親に見せて、

「僕たちは、結婚するんだ」

と、告げた。

「いとこ同士は、血が近すぎてなあ」

母親は、難色を示した。

「かまわん。子供をつくらなけりゃいいんだ」

私は、こともなげに言った。

学生時代のさいごの夏休みは、愉しいものであった。私は、孤独であったが、東京にいる従妹は、すでに自分の恋人であった。

私は、九月に入って、上京するのが、待ち遠しかった。

二十年近くも、なんでもない間柄だったのが、告白し合った瞬間から、あいてが全く別のものになって、自分の胸の中で、失ってはならない絶対的な存在になる、ということは、すばらしい発見であった。

私は、従妹と再び会った瞬間の期待で胸をふくらませ乍ら、上京した。

しかし、上京した私を待っていたのは、従妹のためらった態度であった。父から絶対反対だ、と言われて、彼女の心が動揺したのである。

私は、失望し、腹を立てた。若い恋人というものは、結果の上首尾をねがって、ひどくせっかちになる。

私は、叔父の家を出ると、市ケ谷の安アパートに移り、そこへ、従妹を呼んで、ウムを言わせず、事実上の結婚をしようと計った。

それは、失敗であった。

従妹は、なかばやけくそになった。そうした矢先、私の目の前に、一人の女性があらわれた。

私は、かたく拒んだ。

その女性は、私の猪突の求愛を、笑いながら受け入れる余裕をもっていた。そういう年齢にも達していたのである。

私は、その女性とのただ一度の関係を、アヤマチであると知りつつも、その翌日、従妹を、新宿の喫茶店へ呼び出して、

「僕たちは、もう結婚できない」

と、残酷な宣言をした。

従妹は、俯向いて、黙って、泣いた。そして、それが、私たちの別れであった。

＊

私が、慶應義塾を卒業したのは、二十四歳である。そして、それをさかいにして、私の青春は、喪《うしな》われたようである。

太宰治流にいえば、二十四歳にして老年であった。

私は、軽率にも、結婚してしまい、子供が生れようとしていたからである。

私は、働かねばならなかった。

就職することが、どうしても、イヤだったが、しかたなく、ひとつだけ、入社試験を受けることにした。私が、えらんだのは、朝日新聞社であった。

第一次の筆記試験で、答えを書いているうちに、

「日本の府県をぜんぶ書け」

というくだりで、腹が立って来た。

私は、

「予は小学生に非ず」

と、書いて、さっさと出してしまった。

どうせ、落ちるだろうと思っていると、第二次試験に出ろ、という通知が来た。

私は、面接ではねられた。私の人相と態度は、私が試験官でも、気に食わない。私の人相と態度を見て、入社させる試験官がいたら、よほど、変り者に相違ない。

私は、朝日をはねられると、もう、どこも受ける気がしなかった。

中国文学科には、私と石原操という男と、二人しかいなかった。

おもしろいことに、石原は予科の頃に妻帯していて、卒業する頃は、子供が五つか六つになっていた。そして、私も、すでに、結婚していた。

石原は、私が、どこの入社試験も受けようとしないのをみて、心配した。

「どうするんだ？」

「どうしようかな」

「のんきすぎるじゃないか」

「勤めというやつが、きらいなんだ。サラリーマンは、絶対につとまらない、ということだけは、はっきりしているんだ」

「しかし、遊んで食う金はないのだろう？」

「ないね。女房が多少へそくりを持っているらしいが、これを生活費にするのは、沽券《こけん》にかかわるし――」

石原は、朝鮮に土地を持って居り、父母はなく、私より条件がよかった。それに、はやく、天津のなんとか公司に、就職をきめていた。

石原は、私にも、中国へ来るようにすすめた。私はしかし、中国文学を専攻したが、中国へ渡る気持は毛頭なかった。

年がかわって、私は、いよいよ、追いつめられた。

私は、ある日、突如として、柄にもないことを考えた。

各会社の求人のビラを貼ってある掲示板の前に立った時であった。もうその頃は、二流三流の会社しかのこっていなかったが、私は「内国貯金銀行」というのに目をとめた瞬間、自分のグウダラな性格をたたきなおすには、最も典型的なサラリーマンになってみてやろう、と決意したのである。

数日後、私は、曽《かつ》て明治期に、珍妙なスタイルの紳士淑女が舞踏会を、夜毎催した日比谷の黒門内の場所へ、出かけて行った。

黒門だけはまだ残っていたが、中には、殺風景なビルが建っていた。

そのビルの一階に、「内国貯金銀行」があった。私は、かんたんな面接で、採用された。青年たちが、つぎつぎに、兵隊にひっぱられて、世間には、働き手が不足していたのである。

算盤《そろばん》もできず、簿記も知らぬ私のような文学青年でも、二流銀行は、しぶしぶ採用せざるを得なかった。

おどろくべきことには、私は、その銀行に、三箇月も、勤めたのである。

どうして、私のような非実務の人間が、つとめることができたのか、いまもって、判らない。私は、銀行員のくせに、ついに、算盤を手にしなかったのである。しかも、私の見習いポストは、貯金課であった。

すなわち、外務員が、一日足を棒にして、歩きまわって、勧誘して来る月掛貯金を受けつける課にいたのである。

月末になると、そのカードを、一人何百枚かずつ、受けもたされて、算盤を入れて、集計するのである。

月掛貯金であるから、どのカードも、ケタのちがいだけで、数字面が同じである。例えば、2・46銭か24・60銭か246・00銭という数字が、カードに記入されている。

このカードを、パッパッとめくりながら、算盤を入れて行く。

人差指で、ポツリポツリ、上げたり下げたりする程度の私に、これがやれる道理がない。

私は、この月末のノルマを、周囲の若い女性（いま謂《い》うところのB・G）に全部やってもらったのである。

課長は、私に、算盤を習うように、くどくすすめたが、私は、頑として拒否した。クビになることは、一向に怕《こわ》くなかった。どうせ、こっちから退散することにきめていたのだから……。

私が、その銀行に三箇月もつとめていた理由は、強いて挙げれば、若い女性の一人を好きになったからである。

T子というその娘は、受付にいた。

銀行の受付嬢は、おおむね、明るい美人である。T子も、例外ではなかった。

私は、月末のノルマを、彼女にたのんだのである。彼女は、算盤が上手であった。

私は、白い細いしなやかな指が、魔術のごとき早さで、動くのを眺めているうちに、T子を好きになった。

某日、午後からドシャ降りになった。

私は、さいわいコウモリ傘を持っていて、ビルの通用口を出ようとした時、T子にぶっつかり、送って行く、と申し出た。

それが、私とT子の最初のランデブーであった。但し、もう世間は、若い男女が、街をむつまじく歩くことさえ、非難の目を向ける時世になっていた。

私とT子は、銀座の片隅の、うすぎたない喫茶店で、一時間ばかりさし向かっただけで、おもてへ出ると、小降りになっていたので、私は、彼女にむりやりコウモリ傘を渡しておいて、降られながら、帰宅した。

私は、T子を、べつに愛してはいなかった。私が、心から愛した女性は、従妹だけであった。他の女性に対しては、心を奪われるということはなかった。

奇妙なもので、青年は、相手を愛してしまうと、かなりぶざまな行動をさらけ出してしまう。つまり、颯爽《さっそう》としたところがなくなる。ところが、愛さないと、その余裕をもって、いかにも、男性的なところを見せることができる。

逢曳《あいびき》しても、未練たらしく、どこまでも、くっついて行ったり、行きたそうな気振りを示したりせず、あっさり別れることができるし、どこかで食事を摂ろうと考えても、べつだん胸が一杯ではないから、うまいものを食わせる店を思いつくし……ともかく、充分に余裕がある。

T子が、すでに女房子供のある私に、急速に傾斜して来たのも、どうやら、私の余裕のある態度に牽《ひ》かれたからであったろう。

平常寡黙で、むっつりと、浮世がつまらなさそうな顔をしている私でも、流石《さすが》に、若い女性と相対すれば、かなりのサーヴィス心は働く。

こうした場合、私の乱読癖が、役に立った。

若い女性をよろこばせる話を、いくらでも思い出せる。古今東西の恋愛譚をきかせれば、どんな女性だって、退屈はしない道理である。

ある日の退《ひ》け刻《どき》、受付の場所から、私のところへまわって来たT子は、

「わたし、Sさんを、好きになってもいい？」

と、言った。

若い女性から、求愛されたのは、生れてはじめての経験であった。

いや、私の生涯にとって、女性の方から、求愛されたのは、その時をもって、空前絶後とする。

私は、面くらった。

私は、その時、不審げな表情をしたに相違ない。

T子は、悲しげに、

「ごめんなさい」

と、頭を下げて、遠ざかった。

その直後、私が、とった振舞いは、かなり鮮やかなものであった、と自慢できる。

私は、さっさと、ビルを出た。T子へは、一瞥もくれなかった。

T子は、自分を黙殺して、出て行く私を、どんなにうらめしく、悲しい思いで、見送ったろう。

T子は、親しい友達と、つれ立って、黒門を出た。田村町の交差点で、その友達と左右に別れるのが、いつものことであった。

T子は、トボトボと、虎ノ門の方角へ向かって歩き出した。

その時、不意に、背後から、声がかけられた。

「僕も、君が好きだ」

びっくりして、T子は、ふりかえった。

私が、そこに、微笑して、立っていた——という次第である。

私とT子の交際は、私が銀行をやめても、半年あまり、つづいた。私は、しかし、T子のからだをもとめはしなかった。わずかに、二度ばかり、唇を奪ったにすぎない。

私は、かなり節度を心得た青年であったらしい。

らしい、というのは、いまの私と、当時の私は、全く別人のように、区別されたものに考えられるからである。

「大衆小説家」になろうなどとは、夢想だにしていなかったし、帰宅すれば、わざと小むつかしい古書ばかりえらんで読み耽《ふけ》っていたし、遊びなどというものを全く欲しなかったし、「思索」が人生の最高のものと信じて、自身にかなりきびしく戒律を加えていたのである。

いわば、マジメ人間で、おそろしく自己閉鎖であった。

現在と共通している点があるとすれば、妻子に一線を引いて、そばへ寄せつけない点ぐらいであろうか。

T子との場合は、後日談がある。

戦争がおわり、焼土の東京へ舞い戻った私は、田所太郎氏にひろわれて、「読書新聞」の編集をやりはじめたが、住むところがなく、焼けのこった本郷の学生下宿屋の一間を借りていた。

本ならば、何を出しても、売れる時代で、私のような無名作家の小説集でも、印税を払って出してくれる出版社があった。

私は、「静かな決闘」という短篇集を出した。

すると、その出版社に、私の住所を問い合せて来た女性があった。

それがT子であった。

間もなく、T子は、本郷の下宿屋へ、私を訪ねて来た。

そして、私たちは、はじめて、肉体関係に入った。

私は、彼女を抱いてみて、彼女がすでに男を知っていることを、さとった。

私が問うと、T子は、いささかすてばちな態度で、

「貴方の知っている人」

と、こたえた。

「誰だ？　銀行の者か？」

「ちがう。貴方と大学で同級だった男」

それは、Kという、幼稚舎からあがって来た典型的な慶應ボーイであった。

なにからなにまで、私とは対蹠《たいせき》的な、ブルジョアの遊蕩児であった。

T子は、私にからだを与えたあとは、まるで安心したように、Kとどうやって知りあい、どうやって処女を奪われたか、問わず語りに、きかせた。

それから、しばらく、天井を仰いでいてから、

「妊娠して、おろしたのよ」

と、告白した。

「おろした？　戦争中にか？」

「ええ——。おろしてくれる医者をさがすのに、二月もかかったわ。でも、とうとう、見つけて、おろしてもらったわ。そのあと、出血がとまらず、からだのぐあいがわるくなって、半年も寝ていたわ」

「…………」

そのことが、T子の性格までも歪めてしまったのだ、と私は、合点した。

めぐり会ったT子には、むかしの明るさはなくなり、動作ひとつひとつが、ひどく、けだるそうであった。

T子は、ひとり、ひくい笑い声をたてた。

それから、私を視て、

「貴方、どうして、わたしの処女を奪ってくれなかったのかしら」

と、言った。

私は、こたえようがなかった。

私が、世田谷奥沢にある、元体操学校の生徒寮であったアパートに引き移ってからも、T子は、時おり、訪れて来た。

なんともやりきれない男女関係というものを、私は、あじわった。

接吻だけで別れた男女が、幾年か後に、それぞれ、経験を積んで、めぐり会うということは、決してよろしくない、というきわめて常識的な教訓を、私は得た。

＊

銀行をやめた私が、次につとめたのは、「泰東書道院」という書道団体で出している月刊誌「書道」の編集部であった。

編集部、といっても、編集部員は、私一人であった。

編集主幹は、私が慶應の予科時代に、漢文をならった西川寧《やすし》氏であった。西川氏は、週に一度ぐらい顔を出すだけで、あとは、百二十頁の雑誌を、私にまかせっぱなしであった。

私は、中国文学を専攻はしたが、書道に関しては、全くの門外漢であった。したがって、編集プランなど、たてようがなかった。

さいわいに、殿木春洋《とのきしゅんよう》という年配の書道家がいて、私をたすけてくれた。殿木春洋氏は、別名でマンガを描いて、幾冊か出版して居り、雑誌編集の経験者でもあった。家では、子供たちに書道教授をしていた。

私は、殿木氏の援助で、なんとか、「書道」の編集をすることができた。

昭和十六年——ようやく、戦争が苛烈な様相を呈して来た頃であった。私の月給は、七十五円であった。編集手当が十円。これで、なんとか生活はできたのである。

「泰東書道院」は、日本橋室町の静かな通りに面した木造二階建で、事務員が五人あまりいた。

豊道春海《ぶんどうしゅんかい》氏が理事長で、古風なたっつけ姿を、週に二三度現わしていた。

理事に、西川寧氏はじめ、斯界《しかい》の一流書道家がずらりと顔をそろえ、春秋二回、盛大な書道展を、上野で開催していた。

私は、しかし、雑誌主幹である西川寧氏と、好意的な援助をしてくれる殿木春洋氏とのほかには、他の書道家たちとは、殆《ほとん》ど口もきかず、事務所の片隅に、衝立《ついたて》で区切った狭い場所に、机をひとつ置いて、ほそぼそと編集をしていた。

原稿依頼に、こちらから出向く必要はなく、週一回の理事会の時に、理事たちにたのんでおけばよかった。その原稿内容など、私には、どうでもよかった。書いて来たものを、割りつけして、のせれば、それで済んだ。私自身が、すすんで企画をたてるスペースなど、べつになかったし、私にも、そんな気はさらになかった。ただ、時折り、各界名士に、書道に関するアンケートをもとめただけである。

「書道」を出している目的は、漢文、和文、そして少年部と分けて、応募して来る習字を、理事に選してもらって、それを掲載することであった。

これは、一人でやるのは、かなり面倒な仕事であった。まず、夥《おびただ》しい数の作品を、あら選《よ》りしなければならなかった。その時だけは、二日ばかり、夜更けまで、私は事務所に居残った。

封筒から抜き出して、ひろげるのだけでも手間がかかったし、さまざまな書体の、どれが秀《すぐ》れているのか、私には、よく判らなかった。自分自身の好みからいえば、下手くそな方が個性的であったが、当選作は、そういうのは、いただけないので、無難なものをそろえて、理事に渡さなければならなかった。

当時、書道団体としては、「泰東書道院」が、日本で最も大きかったので、しぜん、その機関誌である「書道」に応募者が多かった。

二年あまり、編集をやっているうちに、門前の小僧で、私にも、書道というものが、おぼろに理解されて来た。同時に、一流書道家として、大勢の弟子を擁している人々が、実は、ろくに漢文も読めない無学な手輩《てあい》であることも、知った。

つまり、かれらは、ただの「字書き」であるにすぎなかった。学者ではなかった。これは、甚だ滑稽なことであった。

古来、書道の名手は、ただの「字書き」ではなかった。学問、見識に於《おい》て一流であり、それに付随して、能筆であったのである。ところが、現代では、書道家という職業が成立し、かれらはべつに学者である必要はなかったのである。

いわば、今様寺子屋師匠であった。尤も、徳川時代の寺子屋師匠は、一応漢文和文を読んだ浪人者であった。現代では、その学問もせずに、ただ、筆で文字を書いてみせることだけで、師匠として尊敬される模様であった。

私の知った書道家の中で、学者であり且《か》つ書道家であったのは、西川寧氏ただ一人であった。

尤も、西川氏は、家で弟子に教えはしなかった。慶應で漢文を教えている異数の俊才であった。したがって、西川氏は、書道家仲間では、むしろ異端者であり、また西川氏自身、他の書道家たちを、軽蔑していたようである。

ある秋の夜、私は、応募作品のあら選りをやっていた。

その時、事務所に一人の訪問者があった。古風な、明治時代に流行した二〇三高地というあたまをした、三十七八の女性であった。かなり有名な女流書道家であることを、私は、展覧会の時に、見知っていた。

「西川先生は、いらっしゃらない？」

Mという女流書道家は、かなり高慢な態度で、たった一人居残っている私に、訊ねた。

「こんな時刻に、いるわけはないです」

私は、ぶっきらぼうにこたえた。ただでさえとっつきのわるい私が、仏頂面でこたえたのである。

M女史は、ひどくカンにさわった様子で、私をにらみつけ、

「貴方、事務員でしょう。わたくしを知らないわけはないでしょう。その態度は、無礼じ

ゃない！」

と、きめつけて来た。

私も、負けてはいなかった。

「僕は、事務員じゃありませんよ。〝書道〟の編集者です。べつに、貴女に対してぺこぺこしなければならん義務は持ちませんね」

「まあ、なんてことを！」

M女史は、ただでさえ厚化粧でこわばった顔面をさらに、こわばらせた。

「貴方のその態度を、西川先生に報告しますよ。いいんですね、え、かまわないんですね？」

M女史は、つめ寄って来た。

彼女が、この「泰東書道院」のなにかの役職に就いていることは、私も知っていた。展覧会では、少年部の審査員もつとめているらしかった。

「どうぞ、報告して下さい。僕は、自分も書家を志している者なら、先輩として、貴女に敬意をはらいますが、編集者である以上、それだけのプライドを持っていますから、ただの事務員扱いをされる屈辱には堪えられないのです」

私は、高言した。

M女史は、身をひるがえして、事務所を出て行った。

私は、ざまをみろ、と思った。

M女史から、電話がかかって来たのは、それから、十日ばかり後であった。

ところが、その声音は、うってかわって優しいものであった。

「先日はまことに失礼いたしました。ほんとに、ごめんあそばせ。お詫びをしたいし、仲直りをさせていただきたいので、ぜひ、一度家へ遊びに来て頂けませんかしら」

私は、しかし、いかに猫撫で声で誘われても、行く気はしなかった。

そして、それは、それきりになった。

その年の展覧会が来て、私は、特選、入選の作品をグラビアにするべく、開催日の前夜、上野へ出かけた。

仕事を終えて、地下の食堂から出ようとすると、あいにく、小雨が降っていた。

弱ったな、とためらっていると、M女史が出て来て私を見つけ、

「お入んなさい」

と、蛇目傘《じゃのめがさ》をさしかけてくれた。

私は、ここらあたりで仲直りをすべきであろう、と思い、すなおに、傘の下に入った。

やがて、M女史が、私をともなったのは、池ノ端の料亭であった。そこの若い女将《おかみ》は、彼女の弟子のようであった。

私は、彼女が、ただご馳走をしてくれるものとばかり思っていた。そして、事実食卓につぎつぎとならべられる旨い料理を、私は、せっせと平らげた。

そのうちに、M女史は、手洗いにでも立つように、座敷を出て行き、それきり、二十分経っても、戻って来なかった。

私は、すこし薄気味わるくなった。

私には、彼女が、どうして、掌を返すように、私のご機嫌をとって来たのか、その理由がわからなかったし、また彼女はご馳走しながら、その理由を口にしようともしなかったのである。

――彼女は、なにか、復讐を企てているのではないのか？

私は、そんな不安をおぼえた。

そのうち、女中が入って来て、「どうぞ、あちらへ――」と誘った。

私が、案内された部屋は、ひどく薄暗くしてあった。私が入ると、女中は、襖を閉めて、去った。

屏風がたてまわされていた。

覗いてみると、夜具が敷かれ、M女史は、すでに、そこに横になっていた。

M女史は、ふふふ……、と含み笑いしてから、

「貴方、おいや？」

と、訊ねた。

こういう通俗小説的場面に置かれたのは、生れてはじめてであった。私は、とまどった。冷然と拒否して、去るのが、アッパレな男ぶりであることも、私は、その時、とっさに考えた。

私は、去らなかった。

牀《とこ》に入って行った私に対して、M女史は、まるで飢えていたけものが、獲物にむさぼりつくように、抱きついて来た。

終った時、私は、M女史に、どうしてこういうことになったのか、問うてみた。

M女史は、

「わたくしね、一人娘に生れて、わがまま一杯に育ったの。そのために、子供まで生れたのに、養子の婿を、追い出したの。……つまり、わたくしに対して、堂々と対抗して来たのは、貴方がはじめてだったのです。あの夜、家へ帰って、しばらく考えていたら、貴方に対する憤りや憎しみが、いつの間にか、男らしさを尊敬したくなる気持に変ったのです」

と、こたえた。

私とM女史との関係は、ただ一度でおわった。M女史は、それから一月も経たないうちに、子宮癌におかされて入院し、一年ばかり後に、逝ったからである。

M女史が逝った頃、私は、泰東書道院をやめて、日本出版文化協会に入っていた。日本出版文化協会は、内閣情報局の出先機関のような、出版統制団体であった。協会で、機関誌を出すことになり、編集部員をさがしていた。

それに応じて、入ったのが、編集長に杉浦明平、編集部員として神田隆（現在俳優）、大塚某という愉快な豪傑と私であった。

面会日に、三省堂の二階にある協会に出かけて行った私は、そこで杉浦明平氏と会った。廊下で、呼び出しを待っているあいだに、われわれは、履歴書を持参していないことに気がついた。

すると、明平氏は、すぐ前の部屋で、しきりにタイプライターの音がしているのをきいて、

「ひとつ、タイピストにたのんでみよう」

と言って、入って行った。

われわれは、即製の履歴書を持って、えらい人に面会し、採用された。

われわれの所属する出版課の課長は、ひどくキビキビした人物であった。それが、後年の南條範夫氏であった。

杉浦、神田、大塚、私らは、御茶の水の、かなりの邸宅の一室に、編集室を設けて、毎日出勤しはじめたが、ついに、一冊も、機関誌を出すことなく終った。

いや、われわれは、情報局の御用雑誌など出すつもりは、毛頭なかったのである。まず、編集室を整備しなければならぬ、と電気スタンドや灰皿や椅子を買ってみたり、それらを買うのに、だらだらと日数をついやし、そのあいだ、どこの店で、すでに乏しくなっていた本物のしる粉をのませるとか、本物のコーヒーをのませるとか、せっせとさがし歩いたのである。

編集室の整備がおわると、こんどは、各界の代表者を招待して、意見をきく会席を設けることにした。なに、意見など、どうでもよく、もっぱら、料亭のうまいものを食いあさることにした次第である。

いくつかの宴をやるうちに、映画界のリーダーをも招待することにした。松竹の城戸四郎氏をまず、招いて、意見を拝聴することになったが、拝聴する代りに、神田隆が、とうとうと、映画論をぶちまくったのである。

城戸四郎氏は、それを黙ってきいているあいだ、神田の面相をじっと瞶《みつ》めていたが、

「どうですか、君は、俳優になってみませんか？」

と、すすめた。

神田隆は、意外な申し出に、面くらった。

城戸氏は、すかさず、月給三百円出そう、と持ちかけて来た。協会でもらう金の三倍である。

杉浦明平氏が、

「いいじゃないか。やれやれ」

と、そそのかした。

神田隆は、東大国文科で、明平氏の後輩であった。

三百円の高給は、当時、盲目の母親と肺結核の妻と弟妹をかかえていた神田にとって、魅力であった。

で——神田は、俳優になった。

神田が俳優になるのと前後して、私には、召集令状が来た。

私の青春期は、その一枚の召集令状をもって、完全に終了した。

*

私が、第一回目の召集を受けたのは、昭和十七年十二月であった。

私は、昭和十五年に、慶應義塾を卒業すると、延期していた徴兵検査を受け、第三乙種になっていた。第三乙種というのは、その頃できたもので、むかしならば、丙種であった。当時は、丙種は、すでに、片目とかカリエスとか結核患者とか、不具者か病人のみであった。

いずれ、戦況が苛烈になれば、召集は来るものと覚悟していたが、私個人の感慨としては、来かたが少々早すぎた。

人間は、幸い、神から、自分だけは災厄からまぬがれる、という甘い考えをもらっている。ご多分にもれず、私も、

――戦場でムザムザ殺されてたまるか！　という考えを持っていた。

しかし、一枚の赤紙を手渡されてみると、

――生きては還れぬかも知れぬ。

という恐怖心が起った。

「アメリカと戦争して勝てる筈がねえ」

これが、当時の、われわれ文学青年の口ぐせになっていた。地図をひろげてみれば、一目瞭然ではないか。どうして、こんなかんたんなことが、東条以下施政者たちには、判らないのか、ふしぎでたまらなかった。

赤紙をもらった時、私は、妻子を、妻の故郷の最上川の畔へ疎開させて、中野昭和通りの茅屋《ぼうおく》に、一人ぐらしをしていた。

愈々《いよいよ》、明日、相模原の第八十九重砲連隊へ入営する――その前夜のことであった。

私のすぐ上の兄が、軍靴と軍刀を鳴らして、やって来た。兄と私は二つちがいであった。

兄は、当時、士官学校出身の中尉で、士官学校の教官をしていた。

「召集が来て、めでたい。しっかりやれ」

兄は、胡坐《あぐら》をかくと、いきなり、そう言って、ウイスキイ瓶を置いた。

私は、むかっとなった。

「おれに召集が来て、どうしてめでたいんだ?」

「国家のためにつくすのだ。男子の本懐だろう」

「おれは、君のように、このいくさを、聖戦だなどと思ってはいない」

「なに!」

兄は、怒気を顔にも声にもあふらせた。

「このいくさは、軍人が勝手にやりはじめたものだろう。われわれ庶民の知ったことではない」

「貴様っ! それでも、日本人かっ!」

兄は、いきなり、私の頬桁《ほおげた》へ、一撃をくらわせた。

柔道、剣道あわせて十段の巨漢から、力まかせに擲《なぐ》られて、十四貫に満たぬヒョロヒョロの痩身が、なんでたまろう。

私は、ふっとんで、庭へ落ちた。

私は、しかし、暴力には抗すべくもなかったが、負けてはいなかった。

起き上った私は、泪をあふらせつつ、兄をにらみつけて、

「ひとつだけ、問うてやる。軍人は、君のえらんだ道だ。文学は、おれのえらんだ道だ。

自分のえらんだ道をすてろ、と命じられて、誰がこころよく応じるか。君は、いま、軍人をやめて文学者になれ、と言われて、愉しいか。そして、それを、文学者から、めでたい、とソラゾラしい言葉をかけられても、腹が立たないか」

と、言った。

兄は、ぐっと、返答につまった様子を示した。

「帰ってくれ！　そのウイスキイ瓶を持って、帰ってくれ！」

私は、叫んだ。

兄は、生来好人物であった。好人物であるだけに、軍人精神にこりかたまると、実弟といえども、反戦的態度を示されると、我慢ならなかったものであろう。

翌朝、私は、相模原の連隊に入った。

その時、兄がすこしおくれて、やって来て、自分と同期生の中隊長に会い、

「弟が召集されたが、からだが弱いので、もしできれば、即日帰郷にしてもらいたい」

と、たのんでくれた。しかし、兄は、そのことは、ずっと後日になるまで、私には言わなかった。

私は、不幸にして、健康であったので、即日帰郷にはならなかった。

生れてはじめて抛《ほう》り込まれた兵舎は、私に、監獄を連想させた。

すべてが、整然としているにも拘らず、なんとも陰惨な雰囲気であった。床にも寝台にも柱にも銃架にも整頓棚にも、おし込められた兵隊の怨みとのろいが、しみ込んでいるようであった。

無恰好な初年兵姿になって、おのおのの寝台の前に立たされた時、

――死んだ方がましだな。

と思った。

星がたったひとつだけ多い一等兵が、なんとおそろしい存在に見えたことか。

翌日から、死ぬことを考えるひまもないくらい、文字通り寸暇もない初年兵ぐらしが、はじまった。

牛馬のごとくこき使われる、というが、牛でも馬でも、休息時間はたっぷりと与えられ、使う側から、からだを拭いてもらったり、いたわりの声をかけられるではないか。初年兵は、牛馬以下であった。

そして、滅茶滅茶に、擲られた。

殊に、私は、生来の面貌と無愛想な態度によって、他の初年兵よりも、擲られる回数が多かった。

私が、兵隊にされるにあたって、自分に誓ったのは、

「卑屈にならぬ」

そのことだった。

へつらったり、媚びたり、小ずるく陰に立ちまわったり——そういうことをすまい、と自戒した。それが、私にできる唯一のレジスタンスであった。

そのおかげで、無数の私刑《リンチ》をくらった。

たしかに、日本軍隊の内務班に於ける暴力は、戦慄すべきものであった。秩序をつくる最も原始的なやりかたであった。

しかし、私は、その暴力を否定しながらも、日本の軍隊が強かったのは、そのためであった、とみとめる。たしかに、日本の軍隊は、強かったのである。そして、見事な規律をつくり、その行動は敏捷をきわめていた。

すくなくとも、世が平和であり、必要以下でも以上でもないだけの連隊が存在していた頃、兵隊たちは、きたえあげられて、卓絶した精鋭であったのである。甲種合格した逞《たくま》しい壮丁たちは、きたえられる覚悟をし、また、その暴力に堪える体力をそなえていたのである。

私などのような、痩せこけた、神経ばかりが鋭くとがった、兵隊にするべからざる人間を兵隊にして、きたえなければならなかった日本軍隊が、弱くなるのは当然であった。

まして、敗戦間際などは、四十を越えた丙種の、子供が三人も四人もいるオヤジサンに、軍服をきせて、それまで通りのきたえかたをしようとしたのだ。どだい、むりな話であった。

三週間の基礎訓練が終って、初年兵たちは、それぞれの兵科に分れさせられた。私は、衛生兵にされた。

すぐ近くの相模原陸軍病院に移された百人あまりの衛生兵は、ようやく、内務班で、地獄の苦痛からまぬがれることができた。

内務班は、初年兵だけでつくられ、古年次兵は、教育係として、わずか二名の上等兵が配されただけだったからである。

重砲連隊の内務班では、右を視ても左を視ても、古年次兵ばかりなので、しぜんに、初年兵たちは、互いにかばい合うようにしてすごして来たのであった。

初年兵ばかりの内務班になると、たちまち、それぞれの性格をはっきりと現わして来た。

バカ正直者、小ずるい奴、のろまな男、骨身を惜しまぬ働き者など――。

私は、大学出のインテリと称される手輩が、最も鼻もちならぬ卑屈者であることを、発見した。

面会人があって、甘味品を内務班に持ちかえっても、こっそり、一人だけ、寝牀の中で食べるのも、失敗してそれを他の者になすりつけるのも、飯の盛りの多い方へ手をのばすのも、他の者が擲られるのをせせら嗤《わら》うのも、すべて、大学出のインテリであった。

小学校しか出て居らず、軍人勅諭がどうしてもおぼえられぬ者の方が、犠牲的精神に富み、気前がよく、勇敢であることを知って、私は、しばしば、忸怩《じくじ》たるものをおぼえた。

私自身、厠《かわや》掃除など、きたない仕事や、苦しい使役は、ご免蒙《こうむ》りたく、できるだけにげていたのである。そういう、人のいやがることを、すすんでやる兵隊に、私は、頭を下げざるを得なかった。

無知であり、なんの批判精神も持たぬが、その心根の美しさは、神のごとくであった日本人を、私はもし兵隊にならなければ、見ることなくおわったに相違ない。

二度目の召集で、私は、宇品《うじな》の暁《あかつき》部隊に入れられ、輸送船の高射砲小隊付きの衛生兵になったが、その時、神のごとき兵隊に会った。

日本橋生れの江戸っ子で、幼い頃から海苔《のり》問屋に奉公した青年であった。上等兵であった私の戦友（つまり、事実上の下男）になった佐倉というその初年兵は、どんな仕事でも、辛いとか苦しいとか、そぶりにさえも示さなかった。

ある高等師範出の初年兵が、銃の部品を営庭に落して見失うや、佐倉は、一睡もせずにさがしまわり、ついに発見してやった。また、病弱の初年兵たちに代って、厠掃除を二週間もつづけたこともあった。

ある初年兵が、自分の袴下を、物干場で盗まれると、佐倉は、ほかの中隊の物干場へしのんで行って、袴下を奪って来てやろうとし、発見されて、半殺しの目に遭ったが、愚痴ひとつこぼさなかった。

そういう働きをして、古年次兵によく思われたいとか、はやく上等兵になりたいとか、そのような下心があるのではなかった。

佐倉は、常に無心であり、どんな辛い仕事にも苦痛をおぼえるということは、ないようであった。

佐倉は、台湾の高雄の沖あいで、グラマンの機銃掃射をあびて斃《たお》れた。私は、その時、瀕死の彼に、遺言はないか、と訊ねた。

すると、天涯孤独の佐倉は、苦痛の去った顔に、悲しげな色をうかべて、かぶりを振り、

「上等兵殿……、自分は、童貞であります。それが、ざんねんで、あります」

と、言いのこした。

その言葉は、いまも、私の耳の底に、残っている。

相模原陸軍病院で、三ヵ月の訓練を終ったわれわれ初年兵は、それぞれ、各陸軍病院へ配られて行った。

私が行かされたのは、横須賀陸軍病院であった。横須賀には、海軍病院だけしかないもの、と思っていたが、小さな陸軍病院があったのである。

初年兵は、再び、兵長、上等兵、一等兵がひしめく内務班に抛り込まれて、想像を絶する苦痛の日々を送らなければならなかった。

私は、しかし、古年次兵に擲られる苦痛よりも、看護婦に見下される屈辱に堪えきれなかった。

初年兵は、看護婦よりも、下級の下僕だったのである。

私が、配属させられた第何病棟には、殊に底意地のわるい看護婦が一人いた。

某日、その看護婦から、露骨なさげすみの言葉をあびせられて、私は、ついに堪忍袋の緒を切った。

「うるせえ、このあま！」

私は、前後を忘れて、看護婦にとびかかろうとした。

そこへ、小山田某という軍医少尉が、入って来て、この光景を目撃した。

小山田軍医は、小児科医で、若いくせに頭の禿げあがった、兎のようにやさしい目をした、物腰のおだやかな、いかにも子供相手の医師らしい人物であった。

小山田軍医は、看護婦が、遁げて行くと、私を、前へ立たせて、

「お前は、兵隊には向かん男のようだな」

と、言った。それから、私が、無名作家であることを、たしかめておいて、

「実は、わしも、慶應だよ」

と、微笑した。私は、ほっとして、

「文科を出て、衛生兵にされるなんて、ばかばかしくて、話になりません」

と、正直な告白をした。

すると、小山田軍医は、ちょっと考えていたが、

「なにか、持病はないか？　あれば、入院させてやるんだが……」

と、言った。

つまり、入院させて、召集解除の手続きを、とってやろう、という意味であった。

あいにく、私には、持病はなかった。

入営するまで痩せてヒョロヒョロしていたのが、擲られつづけながら、ふしぎに、肥って来ていたのである。

しかし、必死の私は、咄嗟《とっさ》に、泰東書道院で、「書道」の編集をしていた頃、狭心症まがいの発作を起したことを思い出した。

それは、鼓動毎に、太い針で突き刺されるような凄まじい痛みをともなった発作であった。その時は、半日で治り、ケロリとしたことであった。その後、一度、発作が起りかけたことがあった。

「持病は、ひとつあります」

「なんだ？」

「心臓が、興奮すると、発作を起します」

私は、こたえた。

＊

それから、数日後であった。

私は、一日、仮病をつかって、内務班にのこり、午前中は、寝台にもぐり込んで、ねむったふりをしていた。

午後になって、そっと起きあがり、常備の食器棚から、醤油瓶をとり出し、これを、ごくごくと、飲んだ。コップに半分ぐらいは、飲んだであろう。

醤油を、生《き》のままで、酒のように飲むのは、容易のわざではない。文字通り必死の覚悟をかためたからこそ、やれたのである。

私は、小山田軍医から、持病があれば入院させる、と言われて、心臓に疾病があることにしたのである。

私は、中学生の頃読んだ、吉川英治の短篇を思い出したのであった。「醤油賭」という題名であった、と思う。

土方人足たちが、醤油を飲む賭をする。その中で、ドンブリに一杯、飲む男がいて、常に賭に勝った。ドンブリに一杯も飲めば、とても、生命が、たすかるものではないことを、人足たちは知っていた。ところが、この男は、次の日は、ケロリとして、姿を現わす。一人が、ふしぎに思って、探ってみると、その男は、家へ戻りつくまでは、悠々とおちつきはらっているが、戻りつくやいなや、大急ぎで、近所の湯屋へ行く。そして、湯に沈んで、じっと我慢しているうちに、全身の毛孔《けあな》から塩が噴き出して、生命がたすかるわけであった。そこで、仲間たちは、某日、その湯屋を休業させてしまった。男は、そのために、死んでしまう。

そういう小説であった。

私は、それをヒントにして、醬油を飲むことにしたのであった。

とても、ドンブリ一杯飲む勇気はなかったが、とにもかくにも、必死の覚悟で、コップに半分ぐらいの量を飲んだ。そして、人影のない、病棟裏手の空地へ行くと、百米《メートル》を全力疾走したのであった。

内務班へ戻りついた時、私の顔面は死人のごとく蒼白になり、心臓の鼓動はものすごい速さになっていた。私は、運よく、入口で週番上等兵に出会うや、

「持病の発作が出ました。小山田軍医殿を――」

とたのんでおいて、廊下へ倒れた。

これは、演技ではなく、実際、私はもう、立ってはいられなかったのである。

週番上等兵は、私を、寝台へ寝かせておいて、大急ぎで、小山田軍医を呼びに行った。

小山田軍医は、すぐにやって来て、診察するや、週番上等兵に、

「入院の手続きをとってくれ」

と、命じた。

——しめた！

私は、心臓の苦しさに堪えつつ、歓喜したことだった。

私は、約三ヵ月、入院してから、召集を解除され、娑婆へもどることに成功した。

私は入院中に、もう一度、醬油を飲んでいる。

入院して一月ばかり経った頃、院長の少佐が回診に来て、カルテを視て、

「心臓に発作が起る、というが、ずうっと、なんともないのじゃ、入院させておくわけにいかんな」

と、言ったのである。

そのかたわらで、小山田軍医が、

「しかし、この持病を持っている者を、激務につかせることは、むつかしいと思います」

と、弁護してくれたが、院長は、

「テンカンとはちがう。もう一度、内務班にもどしてみろ」

と、命じた。

——よし！　では、発作を起してやる！

私は、決意して、その翌日、厠に入って、醤油をのんだのである。

小山田軍医は、ぶっ倒れた私を、診察してから、小声で、

「もう、やるな」

と、言ってくれた。かれは、どうやら、私が醤油を飲んだことを、看破した模様であった。

院長は、私が二度の発作を起したので、もはや、内務班へもどすことをあきらめ、小山田軍医が、召集解除の手続きをとることをみとめた。

私が、娑婆へ戻ってみると、日本出版文化協会は、「日本出版会」と名称をかえ、内閣情報局の完全な手先と化し、用紙統制機関になっていた。

書評雑誌を企画していた編集室はつぶれ、杉浦明平は退き、神田隆は召集されていた。

私は、やむなく、田所太郎氏が編集長をつとめる「日本読書新聞」の編集室に入った。

御茶の水の文化アパートに、日本出版会は移っていたので、三階の編集室は、まことに快適であった。私は、その編集室で、中国文学の柳沢三郎君をはじめ、多くの敗戦論者たちと識《し》りあった。

あかるい陽ざしのさし込む編集室のふかぶかとしたソファにとぐろをまいて、大声で、軍部をこきおろすのは、まことにいい気分のものであった。

ウイークリーの新聞の紙面は、いかにも、戦争協力のごとくみせかけながら、われわれは、いつ日本軍部が、手をあげるか、と賭をやっていたのである。

情報局総裁のAが、時おり、出版会へやって来て、大演説をぶっていたが、そのあとで、編集室へもどったわれわれは、

「あいつ、梅毒じゃないのか」

とか、

「妾に逃げられるほどケチな奴だときいたぞ」

とか、罵倒して、溜飲をさげていた。

編集室には、若い女性が、幾人かいたが、その中に、大橋鎮子《しずこ》さんがいた。ごく目立たない存在であったが、物資が極度に不足するにつれて、彼女の実力が、次第に発揮されて来た。

すなわち、どこからか、ひとかかえもある量の牛肉を仕入れて来て、一同に分配したり、誰かが親が急病で遠い故郷へ帰らなければならなくなると、さっさと、汽車の切符を入手して来たりしたのである。

当時、牛肉や汽車の切符が、オイソレと手に入れ難かったことは、ここで、あらためて記すまでもない。

大橋鎮子さんには、そういうふしぎな才腕があった。

いくさがおわって、私は、再び、「日本読書新聞」の編集にたずさわったが、その時、編集部に、大橋鎮子さんがいたことが、どんなに役立ったか。

私は、焼けのこった文化アパートの地下の一室に、ベッドを持ち込んで、半年ばかり一人ぐらしをしたが、その半年間、大橋鎮子さんが、弁当をはこんでくれたのである。

ことわっておくが、私と彼女の間には、男女の間に起るムードは、ただの一度も、起りはしなかった。

美貌で、優しい彼女に対して、私が、なぜ惚れなかったのか、どうも、いまもって合点がいかない。私の生涯にとって、稀有《けう》のことである。大橋鎮子さんは、ついに、私にとって、「親友」であった。

その頃、私は、川端康成氏の随筆が、欲しかった。

しかし、難攻不落と判りきっているので、訪問する勇気がなかった。

某日、そのことを口にすると、鎮子さんが、

「あたしが、行って、たのんでみましょうか」

と、申し出た。

「駄目だよ」

私は、かぶりを振った。

「たのんでみもしないで、駄目だときめるのは、おかしいですよ」

鎮子さんは、鎌倉へ出かけて行った。

私は、彼女がどんな報告をもたらすか、興味をもった。

夕刻、帰って来た鎮子さんは、

「川端先生って、変な人ですね。座敷にあげてくれて、二時間も対坐しながら、ひと言も口をきいてくれないんです。あたしは、外へ出てから、泪が出て来たわ」

と、告げた。

勿論、原稿を書くという返辞はもらえなかった。しかし、鎮子さんは、泣かされたにも拘らず、それで、怖気《おじけ》づく女性ではなかった。それから、鎌倉の川端邸へ、日参しはじめたのである。

川端康成氏は、原稿を書くことは承諾しようとしなかったが、大橋鎮子という女性は大いに気に入った模様であった。

彼女が訪問すると、連れて散歩したりするようになった、ときいて、私は、

――これが、彼女の才能だな。

と、あらためて、感じた。

大橋鎮子という女性は、相手がいかに偉い肩書きを持っていようと、大ブルジョアであろうと、有名人であろうと、また、極度のつむじ曲りであろうと、そういうものに対して

は、みじんもおそれを知らぬのである。

そこいらの平凡な職人たちと同じように、語り、つきあうのである。その態度が、きわめて自然なのである。

戦後数年を経ずして、大橋鎮子が、無一文にも拘らず、花森安治という名プランナーを得て、「暮しの手帖」という独特の雑誌をはじめたのも、彼女を知るわれわれにとっては、べつにふしぎではなかったのである。

さて、私が、二度目の召集令状を受けとったのは、恰度一年目であった。仮病をつかったお前を、一年間だけ娑婆で遊ばせてやったのだから、こんどは、死んでもらう、といったあんばいに、指定の場所は、広島宇品の暁部隊であった。

輸送船の守備部隊は、消耗品であった。船の撃沈されるたびに、その甲板に高射砲を据えた暁部隊の小隊は、船と運命をともにしてしまうのである。

したがって、暁部隊に召集される兵隊は、全国各連隊のゴクツブシであった。

私は、こんどこそ、たすからぬ、と覚悟をきめた。そして、死に行くには、ふさわしい出発であった。妻子を最上川の畔に疎開させたままで、私はただ一人で、誰にも見送られずに、汽車に乗ったのである。

夏であった。

朝はやく、広島駅を降りた私は、夕刻六時までに入営すればいいことに気がついて、休息場所を、遊廓にえらんだ。

二年後に、原子爆弾であとかたもなくなった遊廓は、紅殻《ベンガラ》格子の、しっとりとした風情を保っていた。

やりては、丸坊主の私を視ると、にこにこして、

「入営なさるんですかな」

とうなずいて、女郎の本部屋へ案内してくれた。

長火鉢の前で、所在なさそうに猫板に頰杖ついていた女郎は、私が坐ると、

「お茶漬をたべんさいよ」

と、すすめた。

私が、汽車弁を食べた旨を告げると、女郎は、ざんねんそうに、

「最後のお客じゃけん、ご馳走しようと思うたに……」

と、言った。

「最後のお客？」

「ええ。年期が明けてなあ、明日、嫁に行くんぞな。子供が三人いる、チンバのオッサンじゃけど、嫁にもろうてやる、と言うてくれたのは、はじめての男なんでなあ」

女郎は、そう言って、笑った。

「縁起がいいね。このぶんだと、戦死せずにすむかも知れん」

私は、言った。

「あんたは、戦死する顔をしとらんぞな。わたしには、わかる。この五年間、どれくらいの数の兵隊さんを客にしたか知れんけど、戦死する人は、顔をひと目見て判ったわ。そりゃもう、百発百中じゃった」

「戦死する兵隊は、どんな顔をしていたかね？」

「そりゃ、口では言えんわ。なんとなく、ピンと来るんじゃな」

私にとって、生れてはじめて、親身な奉仕をしてくれる玄人女に出会ったわけであった。

私は、ことがおわると、そのまま、ねむった。

「あんた……あんた……、起きんさいよ。もう五時じゃぞな。六時には、入営するんじゃろうがな」

万事心得た女郎に起された私は、その時、名状しがたいわびしさをおぼえたのを、忘れない。できることなら、この女郎が出て行く明朝まで、この本部屋にいたかった。

「君のことは、一生忘れないだろうな」

私が、言うと、女郎は、笑って、

「すぐに、忘れてしまいますよ。わたしも、すぐに、忘れるよ」

と、こたえた。

一片の感傷もまじえずに、私を送り出してくれる女郎に、私は、出て歩きはじめてから、感謝した。

宇品の兵舎は、砂地に建てられた、文字通りのホッタテ小屋であった。

転属、あるいは召集で集められた兵隊は、一瞥で、ゴクツブシであった。

私は、まだ一等兵であったが、となりの伍長から、ポンと肩をたたかれて、

「よろしゅう、たのみます」

と言われて、面くらったことであった。

＊

宇品の暁部隊に、私が入営すると程なく、福山連隊が、連隊ごとどこかへ移ったあと、その兵舎に入った。

そして、そこで、私は、約一年すごし、輸送船の備砲小隊付きの衛生兵として、二度ばかり、乗船して、南方へおもむき、ボカ沈をくらって、バシー海峡で、七時間あまり泳いで、駆逐艦に救いあげられ、急性肺炎を起して、臨終まで追いつめられて、ようやく生命びろいをしたのであった。

バシー海峡で泳いだことは、これまで、二三思い出すままに、書いているので、ここでは再びくわしくは、くりかえさない。

ただ、ここでは、私が、さいわいに、今日まで生きのびられたのは、ふたつの理由によることを、記しておく。

輸送船の備砲小隊付きの衛生兵は、甲板に、衛生室を持っている。衛生室の上が、南方の島にいる部隊と内地を往復している連絡将校室になっていた。

その輸送船の連絡将校室には、士官学校出のイキのいい大尉がいた。

夜明け前、バシー海峡を航行していた輸送船が、潜水艦の一撃をくらって、がくっと傾くや、衛生室で寝ていた私は、寝台から抛り出された。

あわをくらった私は、奇怪なことに、必死になって、闇の中で、眼鏡をさがした。私は、極端な近視というわけではない。遠視性の乱視で、かけなくとも大したことはないのである。にも拘らず、私は、けんめいに、手さぐって、眼鏡をさがしまわった。

室内の器物が散乱した闇中で、眼鏡一箇をひろいあげるのは、甚だ困難なことであったが、私は、まるで、眼鏡がなければ生きていけないもののように、しつっこく、さがしまわった。

その時、上の連絡将校室から、

「こら、衛生兵、どうした？」

と、声がかかった。

「ここに、居ります」

「いいか、おれが、海へ跳び降りる時に、貴様も、跳び降りろ。船が沈没する時には、どのあたりまで沈んだら、跳び降りるか、コツがあるんだ。いいな？」

「判りました」

「ついでに、教えておく。跳び降りる時には、キンタマをしっかと、おさえていろ。おさえておらんと、水面で打って、気絶して、そのまま、オダブツだぞ」

「判りました！」

つまり、その時、キンタマをおさえていなければ、今日の柴田錬三郎は存在しなかったのである。

船首を天に直立させて沈もうとする一万トンの船の甲板から、水面をのぞくと、恰度、十階のビルの屋上から街を見下ろすあんばいである。

「跳べっ！」

連絡将校の号令とともに、私は、甲板から海めがけて、身を躍らせた。

一万トンの巨体が、水面から没する瞬間は、きわめて急速であり、もの凄い渦《うず》をまき起す。

人間は、その渦にひき込まれてしまう。

そこで、巨体が水面から没しないさきに、跳び込んだ者は、すばやく、救命具をはずして、むこうへ投げては、クロールで泳ぎ、また、摑んで投げておいて、必死に泳ぎ、すくなくとも、百米は、船からはなれていなければならぬ。

さもないと、渦の中へひきずり込まれて、再び浮きあがる際に、船の中から吐き出されたあらゆる器物がもの凄い勢いで浮上して来るのに、ぶっつかって、生命をとられる危険があった。

実際、一万トンの船が沈没すると、なんとも、おどろくべき夥しい数の器物が、ボカボカと海面いっぱいに、浮かぶものであることを、私は知った。

さて、船は沈んでしまい、生きのこった兵隊と船員が、大海原へ、西瓜《すいか》畑のように、頭を浮かべている光景は、甚だ心細い限りであった。

護衛の駆逐艦が、救いあげてくれるのを期待し乍ら、幾時間も、待つわけであったが、駆逐艦も、潜水艦の攻撃を警戒し乍ら、救出にあたるために、時間をかけて、全員をひろいあげるわけにいかないのであった。

そこで、さっと来て、一箇処にかたまっている何十人かを、さっとひろいあげて、また、さっと遁げて行くという方法をとった。

われわれが、つけている浮袋は、二十四時間の効力をもっているので、じたばたせずに、じっとしていれば、溺れ死ぬ心配はなかった。しかし、幾つかのグループにわかれて、浮いていると、

——こんどは、あっちの一群を、駆逐艦は、ひろいあげて行くのじゃないか？

と、思われて来る。

自分たちのグループだけが、ひろいのこされて、どこかへ流されてしまうような恐怖心に駆られる。

そこで、いそいで、そっちのグループの方へ泳いで行って、加わる。

ところが、しばらくすると、

——このグループよりも、もとのグループの方には、船員の数が多かったから、さきに救われる可能性があるらしい。

と、迷いはじめる。

おろかな、いじらしい人間の心理というやつである。

こうして、Aグループから、Bグループへ移り、さらに、またAグループへもどり、やがて、Cグループへ泳いで行く——といったあんばいに、イライラしているうちに、エネルギーを消耗して、死んで行った兵隊が、どれくらいいたであろう。

いかに南方の海とはいえ、幾時間も浮いていれば、からだは冷えて来る。消耗は、はげしいのである。

いかにして、体力の消耗をふせぐか、生きるすべはそれしかないのである。じっとしているよりほかはないのであった。

っていた。

私は、体力のない兵隊であった。しかし、私は、その乏しい体力を消耗させぬすべを知っていた。

逞しい体軀の兵隊が、次つぎと意識を喪って、どこかへ流れ去って行ってしまったが、私は、生きのこった。

彼らは、浮かんでいるうちに、故郷のこと、父母のこと、妻のこと、恋人のこと、わが子のことを想って、悲しみ、苦しみ、もだえたために、みるみる、体力を消耗したのである。

私は、日本に残っているすべてのものを脳裡から追いはらって、まったくの虚無状態にいたのである。私を、そうさせたのは、私が学んだ「文学」のおかげであった。レールモントフやメリメやリラダンが、私の生命を支えてくれた、といえば、キザにきこえるであろうが、事実まぎれもなく、私は、それらの文学者がのこしてくれた作品から学びとった虚無思想によって、体力の消耗を最小限にくいとめることができたのである。

いうなれば——。

私が、最も悲惨な極限の世界へ抛り出され乍ら、幸い生きのびることができたのは、「キンタマをおさえる」という形而下の振舞いと、「文学を学んだおかげで虚無というものを知っていた」という形而上の思惟のおかげであった。

駆逐艦にすくいあげられ、内地へ還された私は、下関と福山の陸軍病院で、半年をすごした。そして、退院した私は、元の健康状態に復していたが、どうしたものか、暁部隊では、員数外の兵隊として、再び、内務班に収容してはくれなかった。

私は、しかたなく、福山市郊外の練兵場近くの寺院で、自給自足している病院下番《かばん》の暁部隊生き残りの兵隊の群に、加わった。

浮浪者の巣窟と異ならないくらしであった。

練兵場をたがやして、せっせと芋をつくるかたわら、近所の百姓家を手伝って、報酬に米や麦や卵をもらって来るのである。陸軍病院から、ほんの申しわけに、高粱米《コーリャンまい》が支給されたが、とても間に合うものではなかった。

その寺は、丘陵の中腹にあり、長い石段を下ると、岡山へ通じる街道があり、小さな町が細く長く沿うていた。

私たちは、その街道に面した幾軒かの店と親しくなって、夕がたには、油を売りに出かけた。

その一軒に酒屋があり、主人は兵隊にとられて、南方へ行き、生きているのか死んだのか判らぬまま、その細君一人が、留守をまもっていた。腎臓をわずらっているとかで、いつも、牀を敷いて、寝たり起きたりのくらしであった。血の気のない沈んだ肌をした、三十前後の、あまり器量もよくない女であった。酒屋といっても、もう酒は売っておらず、店を閉めていた。

私は、この細君にたのんで、われわれ兵隊が薪持参で、その家の風呂をたてて、入れてもらうことにした。

風呂から上ると、しばらく、雑談するのが慣《ならわ》しになった。女は、私が、大学出の「インテリ」であるのを知ると、やがて、私にだけ、こっそり、甘味品を手渡してくれるようになった。私はしかし、九死に一生を得て以来、すべての欲望が稀薄になっているようであった。手渡されたマンジュウを、大急ぎで、がつがつ平らげるようなことをしなかった。

その態度が、よけいに、女の好意をさそった模様であった。

もし、女が、美貌ででもあったならば、私は、いつまでも、平静ではいられなかったであろう。女の蒼ざめたみにくい貌は、私の欲情をすこしも、そそらなかった。

福山市が、空襲されたのは、真夜中であった。

その丘陵の寺院も、眼下の小さな町も、火災からまぬがれることはできなかった。

われわれ兵隊は、遁走《とんそう》することに、すばやかった。

私は、毛布をひっかぶって、焼夷弾の直撃を避け乍ら、丘陵の頂上へ、遁《のが》れ、そこにうずくまって、福山城が、燃えあがる光景を、眺めた。それは、まことに、滅びるものの華麗な美しさであった。

城が完全に焼け落ちるのを見とどけてから、私は、あてもなく、丘陵を降りて行こうとした。そして、その途中で、酒屋の細君に、出会ったのである。

女は、ショックで、歩行もおぼつかない状態であった。私は、彼女に肩を貸して、練兵場を越えたところにある横穴の防空壕へ、つれて行った。その暗闇の中には、家を喪った人々が、逃げ込んでいた。

私は、毛布を敷いて、女を寝かせた。

女が、すすり泣きはじめるのを、私は、ぼんやりきいていた。

「無《の》うなってしもうたわ。なにもかも、無うなってしもうたわ」

女は、泣きじゃくったのちに、その呟《つぶや》きを、くりかえした。

私は、なんとこたえてやってよいのか、判らぬままに、疲労をおぼえて、女のそばへ、横たわった。

すると、女が、身をすり寄せて来た。

私は、女を抱いてやった。

「……このまま、死んでしもうたら、なんぼか、楽なのに……」

女は、言った。

私は、黙っていた。その時、私は、いつか、かなり以前に、これと全く同じ状況を経験したことがあるような気がして来た。

決して、そんな状況が、過去に起ったはずもないのに、私には、どうしても、経験したような気がしてならなかった。

私が、そっと女の唇へ、口をつけたのは、そんな錯覚のせいだったかも知れない。


寺院を焼かれたわれわれ浮浪兵は、こんどは、農家の納屋や蚕小屋へ分散して泊った。

そして、八月十五日を迎えた。

ラジオから流れ出る天皇の、何を言っているのかさっぱり判らぬ声をきいてから、われわれは、敗戦と判断した。

私は、はればれとした解放感で、練兵場の頂上へ立って、深呼吸をした。

ふと、麓から、杖にすがって、よたよたとのぼって来る人影をみとめた。

近づくにつれて、それが、酒屋の細君であると判って、私は、待った。

女は、私の前に立つと、にこりともせず、

「これから、津山の実家へ、かえります」

と、告げた。

「ああ、実家があるんですか」

「弟が一人いるんです。わたしひとりぐらい、やしなってくれるでしょう」

女は、私に、ナタマメ煙管《ギセル》と莨入《たばこい》れをさし出した。

「これだけが、焼けのこったのです。あげます」

私は、礼を言って、受けとった。

「ごきげんよう――」

「さようなら」

私と女は、きわめて、あっさりと別れの挨拶をした。

私は、遠ざかって行く女の後ろ姿を見送り乍ら、一片の感傷もおぼえなかった。

戦争がおわった。おれは、兵隊から解放される。このよろこびで、私の心には、あわれな女をあわれむ気持など、入り込む余地などなかったのである。

＊

昭和二十年九月、東京へ舞い戻って来た私は、文字通り、裸一貫であった。

殺人的な満員列車内で、唯一の財産が入っているリュックサックを盗まれてしまったのである。盗んだ奴は、相当な収穫だった筈である。リュックの中には、砂糖が二貫目も入っていたからである。

八月十五日に、福山陸軍病院に戻った私は、そこで、旧知の崎山上等兵にめぐり会った。

この男は、台湾の高雄沖で、輸送船を撃沈され、しばらく、高雄の砲兵部隊に、員数外として厄介になっていてから、内地へ送還されていた。

私は、結核病棟の片隅のベッドに寝ている崎山を眺めて、暗然となった。別人ではないか、と目を疑うほど、骨と皮にやせおとろえていた。

なつかしそうに、私を仰いだ崎山は、

「戦争は、終ったが、おれは、もうたすからねえや」

と、言った。

あきらかに死相を呈している崎山の顔を見ては、私は、慰めの言葉も出なかった。

「兵長――、あんた、たしか、小さな子がいたな？」

崎山は、私に訊ねた。

「ああ、いる」

「それじゃ……、この寝台の下に、砂糖がある。持って行って、食わせてやってくれ」

「君の家族にやればいいじゃないか」

「おれは、天涯孤独だ。呉《く》れてやる者は、いねえや。……病院船の甲板に積んであったドンゴロスを破って、盗んだ砂糖だ。内地で女郎買いをするのは、金より砂糖だからな。しかし、もう、女郎買いもできねえ。持って行ってくれ」

崎山は、そう言って、にやりとしてみせた。

崎山は、庖丁一本をふところにして、日本全土を渡りあるいた板前であった。私が、生涯に出会った無数の男の中で、これほど、気前のいい、度胸のすわった男は、いなかった。

士官学校出の、二十歳ばかりの見習士官が、小隊長となって、輸送船の備砲隊が編成されたことがあった。それに入れられた崎山は、なにかの些細な事柄で、その見習士官から、気絶するほどなぐられた。その時は、黙って、怺《こら》えていた崎山は、やがて、乗船するや、夜半、見習士官を、後甲板へ呼び出して、決闘を申し込んだ。崎山はゴボウ剣で、見習士官は軍刀で、やり合った。そして、剣道などやったこともない崎山の方が、見習士官の軍刀を、たたき落し、海へ放り込んでしまったのであった。

無腰になった将校ぐらい、恰好のつかぬものはない。

崎山は、船がマニラに入港すると、バターン陥落当時、戦死した、日本軍将校から盗んで、ひそかにかくし持っていた比島人をさがし出して、いくばくかの価額で買いもとめ、見習士官に渡してやった。

そういう男であった。

「じゃ、もらうか」

私は、有難く、砂糖を受けとった。

「いいか、兵長。てめえの子に食わせろよ。闇に流しやがったら、化けて出るぜ」

崎山は、念を押した。

私は、その貴重な遺品を、不覚にも、列車内で、盗まれてしまったのであった。

崎山は、私が福山を去る前日、病室を抜け出し、軍医の当直室へしのび込んで、拳銃を盗み、自殺を遂げていた。その覚悟は、私に砂糖を呉れる時には、すでに決っていたに相違ない。

——崎山は、さぞかし、あの世で、いまいましげに舌打ちしていることだろう。

私は、くやんでもくやみきれない気持で、東京へたどりついた。

中野昭和通りの私の家は、すでに、強制疎開で、ひき倒されてしまっていた。近くの叔父の家は、焼夷弾をくらって、焼けてしまっていた。

私は、行きどころがなかった。

私に月給をくれていた日本出版会は、解散していた。しかし、私は、解散した日本出版会の建物である御茶の水アパートへ行ってみるよりほかに、すべはなかった。

幸運にも——。

私は、その御茶の水アパートの前で、同じく復員して来た田所太郎氏と、めぐり逢った。

田所太郎氏は、用紙不足で休刊になるまで、ずっと、日本読書新聞の主任をつとめていた。

「錬さん、君は、必ず生きて還って来る男だと思っていたよ。……どうだい、読書新聞を復刊しようじゃないか」

田所氏にさそわれて、私は、わたりに船と、心をはずませた。

焼土の中から立ちあがって、言論統制という悪夢を追いはらった新しいブック・レヴュ紙をつくることに、私は、情熱をそそいだ。

スタッフは、田所氏を編集長にして、わずか五人であった。その中には、大橋鎭子さんも加わっていた。

前に書いた通り、私は、文化アパートの地下の一室に、不法起居をして、毎日、大橋さんから弁当をはこんでもらい乍ら、週刊紙編集に、夢中で働いた。

小さな読書週刊紙を、小人数でつくるのである。原稿依頼をするにも、執筆者たちの住所は、判らなかった。やむなく、新刊の紹介は、かたっぱしから、自分で書きまくった。量子力学でござれ、共産党宣言でござれ、児童心理学でござれ、ありとあらゆる本の紹介を、やってのけた。

リーダーズ・ダイジェストの発売日には、長蛇の行列ができる時代であった。国民は、活字に飢えていた。どんな本でも、出せば、飛ぶがごとく売れた。

「日本読書新聞」は、あっという間に、十万の部数になった。

文化アパートが、米軍将校家族の住まいに、取りあげられることになり、日本出版会は、隣の講道館を占領した。

柔道などというものは、軍国主義の臭気をはなっているため、もはや、日本の地から払い去られるように見受けられたのである。

柔道八段とか九段とかの老人たちが、おのが城を、「文化」を表看板に押したてた暴徒に奪われ、永年住みなれた講道館から、悄然と去って行く姿は、あわれであった。

私自身、文化アパートを追われて、どこかに、ねぐらを求めなければならなかった。

編集部員の長岡光郎君が、東大にかよっている頃下宿していた本郷弥生町の下宿屋にかけあい、二人で、四畳半に同居することになった。

すみかを所有するということが、最大困難の時代であった。古ぼけた学生下宿屋の一室が、借りられるということだけでも、どんなに有難かったか。

私は、長岡君と、昭和二十一年の前半を、その下宿屋で、すごした。

そこで、ひとつのにがい思い出が、のこっている。

最上川の畔にある実家に疎開していた妻が、苦心して、庄内米を送ってくれた。私は、焼跡から、盆栽鉢をひろって来て、これに炭火を起し、飯をたいた。私は、この炊事を、真夜中にやった。

狭い四畳半で、やるのである。長岡君が、その匂いで、ねむれるわけがない。

転々と寝がえっている長岡君を、ふりかえった私は、突然、自分の行為に、甚だしい嫌悪をおぼえた。

「長岡君、おれが、真夜中に、飯を炊くのは、一人でこっそり食いたい為じゃないぜ。こういう恰好を見られたくないからなんだ」

私は、吐きすてるように、言った。

私の権幕におそれをなした長岡君は、

「僕は、なにも、気にしていませんよ」

と、やりきれなさそうにこたえた。

私は、弁解がましく言った自分に対して、ますます嫌悪をおぼえ、鍋を持つと、おもてへ出て行き、半煮えの飯を、路上へぶちまけてしまった。


やがて、私は、その下宿屋を出て、世田谷奥沢の元体操学校の生徒寮をそのままアパートにした建物に、移った。

私は、そこで、さまざまの人種と知りあった。

隣の部屋には、若い女が一人住んでいた。べつに、どこへつとめる、というでもなく、ひっそりとくらしていた。そのうちに、四十年配の、逞しい面相と体軀を持った男が、月のうち、数日ずつ泊るようになった。

ある日、廊下を通りがけに、その部屋の高窓の硝子戸がすこし開いているので、私は、ちょっと覗いてみた。

サルマタひとつになった男が、卓袱台《ちゃぶだい》の上に、おびただしい紙幣をならべて、かぞえている光景に、私は、ぎょっとなった。

女は、片隅で、ひどく疲れたような表情で、ぼんやりと、男の札をかぞえる手もとを眺めていた。

突然、隣室から、もの凄い怒号と悲鳴と、擲《なぐ》る蹴る物音が、ひびいて来たのは、それから程なくの夜であった。

どういうわけか、その暴力沙汰は、それから、殆《ほとん》ど毎夜つづきはじめた。

廊下をへだてた部屋には、銀座のキャバレーの女が住んでいたが、相当な飲んべで、酔った勢いで、その部屋へとび込み、

「いい加減にしてよ、ばかばかしい！　女をなぐったり蹴ったりして、なにが面白いのよ！　きちがい野郎！」

と、叫びたてた。

すると、男は、自分の女をすてて、キャバレーの女の方へ、とびかかった。

ここにいたって、私は、やむなく、隣室へ入った。私は、親しくなったG・H・Qの新聞検閲の大尉から、精巧なコルトのかたちをしたライターをもらっていた。それを、右手に摑んで、隣室に入った。

キャバレーの女の頭髪をひっつかんで、壁に押しつけていた男は、私を見ると、

「なんだ！　こんどは、てめえか！」

と、喚《わめ》いた。

次の瞬間、私の右手に握られたものを見て、顔色をかえた。

私は、今夜を最後にして、暴力沙汰を止めてもらいたい、と言った。

男は、止める、とこたえた。

翌日の夜であった。せっせと原稿を書いていた私は、戸口わきの高窓が、すっと開いたので、ふりかえった。

「はい、おみやげ」

敷居の上に、寿司折が、ひょいとのせられた。キャバレーの女の酔った顔が、そのむこうで笑っていた。

私は、そのにぎりのうまさを、今も忘れない。

爾来、その女は、一週間に一度ぐらい、寿司折を、贈ってくれるようになった。

それだけの間柄で、私と女は、それ以上の親しい仲にはならずに、おわった。

佐藤春夫先生が愛して、「狐」と命名した女性が、アパートを訪れるようになったのは、その頃であった。

彼女H子は、慶應文学部で私より二年先輩S・Tの妻であった。S・Tは、輸送船で南方へむかう途中、撃沈され、バシー海峡の底に、果てていた。

未亡人となったH子は、「三田文学」が復刊されるに際して、丸岡明氏にたのんで、その編集手伝いをするようになっていた。

神田神保町の編集室を、訪れた私は、丸岡氏に彼女を紹介された。

S・Tが、私と同じ遭難によって、戦死したときいた私は、自分の経験から、

「貴女の旦那さんは、おそらく、苦痛もなく、ねむるように逝ったのではないか、と思いますね」

と、言った。

この言葉は、H子にとって、それまできかされたどんななぐさめの言葉よりも、心にひびいたようであった。

良人は、どんなに苦しみ、もだえ、のたうって死んで行ったであろう、と想像していたH子は、私の言葉で、重い荷がおろされたような安堵をおぼえた、と後日になって語った。

私は、何気なく吐いた言葉が、H子の気持を、急速に自分に傾けさせる効果を持とうなどとは、夢にも考えなかった。

突然、なんの予告もなしに、ある秋の日曜日に、H子は、私のアパートをおとずれた。

そして、きれいに掃除してくれ、たまっていた汚れものをのこらず洗濯してくれたばかりか、持参した牛肉と野菜で、スキヤキをつくってくれた。

一年以上も、女体に接していなかった私は、和服姿の彼女から、匂いこぼれる色香に、フラフラとなった。

午後九時すぎ、辞去しようとして、ドアを開けかけた彼女を、私は、つかまえた。

おそろしく長い接吻を交した私は、未亡人と恋愛することに、かなり軽薄なドンファン気分をあじわっていた。

また——。

H子は、文章にして書いたならば、脇の下から冷汗が流れそうな文句を、平気で口にできる女性であった。

私は、駅までのまっ暗闇の夜道を、送って行き乍ら、しばしば、彼女の口にするロマンチックな文句に、背すじが、むずかゆくなった。

＊

昭和二十四年——。

私は、日本出版会を辞める肚《はら》になった。

「日本読書新聞」が、機構も部数もさだまってから、「書評」という月刊誌を創刊し、私は、その編集長をつとめたが、やはり、ブック・レヴュの月刊誌は無理で、半年経たぬうちに、つぶれてしまっていた。私は、再び、「日本読書新聞」の編集室にもどる気にはなれず、いわゆる禄盗人《ろくぬすびと》になっていた。

そうなると、毎日出勤するのが、億劫になり、午後になって、ふらりと姿を現わすと、すぐ、どこかへ消えてしまい、そのまま、家へ帰ってしまうというあんばいであった。

定まったポストがない地位というものは、気楽なようで、まことに具合がわるく、結局、辞めざるを得なかった。

さりとて、私は、文壇のどまん中へ出て行く自信など、まるきりなかった。

昭和二十二年に、妻が、山形の実家から、材木と大工をともなって来て、私たち親子三人は、雨露をしのぐに足りるだけのバラックを建てていたが、周囲にまっとうな構えの家が建つにつれて、わが家も、もうすこし恰好をつけなければならず、私は、いわゆるカストリ雑誌に、くだらぬ通俗小説を書きまくって、かせがなければならなかった。

そのために、私の名は、すっかり、けがれてしまっていた。カストリ雑誌の作家になってしまうと、到底、陽の当っている場所へ出て行けないのは、自明の理であった。

私はしかし、他人に迷惑をかけてまで、わが家を恰好つけるつもりはなかった。

私が、カストリ雑誌に書きまくった理由のひとつは、妻が、結核療養所へ入院したことにもあった。

私は、小学二年生の娘と、二人きりになっていて、そのためにも、毎日勤めに出ることが面倒になっていたのである。

――なんとかなるだろう。

将来に希望もないままに、私は、日本出版会を辞めた。

それから――たしかに、なんとか、なったから、妙なものである。

私は、生来、人に頭を下げるのがきらいな男なので、出版社に原稿を持ち込むのが、死ぬほど、苦痛であった。私は、ついに、どこの出版社にも、原稿を持ち込まなかった。さいわい、児童出版専門のK社が、月一冊ずつ、世界名作物語を書き下ろして欲しい、と依頼して来たので、それで、飢餓からはまぬがれた。

思えば、世界の名作を、児童用に書きなおす仕事は、後年大衆作家になる上で、大いに役立った、といえる。

私と幼い娘の二人ぐらしは、三年あまりつづいた。この期間、私にとって、最大の苦痛は、やとう女中という女中が、人間の屑だったことである。私のような無名に等しい貧乏作家のところへ、まっとうなお手伝いが、来てくれるわけがなかった。

職業紹介所からやって来る女中は、いずれも、その生立ちから青春時代を、最も陰惨な境遇にあった女ばかりであった。

幾人めかに、人の好さそうな四十ばかりの女がやって来た。

「十年でも、二十年でも、使って頂きます」

と、平伏されて、私は、ほっとした。

ところが、二三日経つうちに、私は、彼女の行動に、ひとつひとつ、ぎょっとさせられはじめた。

風呂のガスをつけっぱなしにして、二時間も忘れているとか、夜中に気がつくと、雨戸が閉めてないとか、朝は娘に起されるまで寝ているとか——なんとも、しまつに困る失格者であった。

娘は、彼女をいやがり、一緒に食事もしなくなった。

私が、「我慢しろ、しかたがないのだ」と言いきかせると、娘は、俯向いて、泪ぐんだ。小学四年の娘の方が、その女中よりも、はるかに、しっかりしていたのである。

女中が、風呂からあがると、娘は、そっと、風呂場へ行き、ガスの火が消されてあるかどうか、たしかめる、といったしまつであった。

親しくなっていた近所の指圧師の小母さんが、ある日、立寄って、

「このあいだは、お嬢さんが、お可哀そうでしたよ。日が昏《く》れて、よほど、経ってから、わたしが、むこうの道を通りかかると、お宅へ曲るお隣の家の角に、お嬢さんが、しょんぼり立っておいでなんです。こんなに、おそく、どうなさったのですか、ときくと、お父様が帰って来るのを待っている、と仰言《おっしゃ》る。どうして、お家で待っていらっしゃらないのですか、とうかがうと、泪をうかべて、あのお手伝いさんと一緒にいるのがいやなの、と仰言るんです。……わたしが、時たまお寄りしただけで、あの女中さんは、しようがない、と判ります。お嬢さんが、いやがるのも、無理は、ありません。ほんとに、お可哀そうですよ」

と、語った。

私にも、それは、重々判っているのだが、女中払底《ふってい》の時世に、どうしようもなかった。

しかし、やがて、私自身うんざりして、出て行ってもらわざるを得ない時が来た。

茶の間に坐っていた私は、座敷を通りすぎる彼女が、スカートの中から、畳へ、ポタポタと、血潮をしたたらせているのを、発見して、仰天した。

「おい、なんだ、そりゃ？」

私は、叫んだ。

女中は、指さされ、はじめて、「あら！」と、眉をひそめた。私は、憤然となり、

「メンスになったのを、自分で、気がつかないとは、何事だ！」と、呶鳴《どな》りつけた。

「すみません」

女中は、その場へ、うずくまると、しょんぼりうなだれた。

「いったい、どういうんだ？　いい年をして、恥を知ったらどうだ？」

「旦那様――。わたしは、ここが、バカになっているんです」

「バカになっている？」

「はい。わたしは、終戦で、満州から引きあげる時、ソ連の兵隊につかまって、三日間に、百人以上から、強姦されました。それで、ここが、バカになってしまうたんです。……それだけじゃなく、梅毒をもらったらしく、内地へひきあげて来てから、時どき、頭が割れるように痛くなって、そのたびに、だんだん、物忘れがひどくなりました。わたしは、女

学校の頃は、成績もよかったし、みんなに可愛がられたんですけど……、あのおそろしい目に遭うて以来、駄目になってしまいました。……かくしていて、申しわけございません」

告白してから、畳に俯伏《うつぶ》すと、慟哭《どうこく》しはじめた。私は、言葉もなく、その惨めな姿を、見まもるよりほかはなかった。

ある日、突然、佐藤春夫先生から、速達が来たのは、その頃であった。

私は、それまで、佐藤先生には、なにかの会で挨拶するぐらいであり、文壇の長老の脳裡に自分のような日陰に蹲《しゃが》んでいる男の名がおぼえられているなどとは、夢にも思っていなかった。

私は、翌日、関口町の佐藤邸を訪問した。

応接間の、暖炉の前に設けられた畳敷きに、私がかしこまっていると、先生は、すぐ、奥から姿を現わされた。

中国服をまとった先生は、自分の座に就くと、ライターをしきりに、つけたり消したりされていたが、

「君は、ある女性から、ラブレターを二百通も、もらっているそうだね？」

「はあ……」

「君は、それに対して、一度も返辞を書いていないそうではないか？」

私は、その質問に対して、どうこたえていいか、わからぬままに、全身を石のようにかたくしていた。

丸岡明氏によって「三田文学」が復刊され、その編集手伝いをしていたH子は、しばしば、佐藤家を訪れるようになっていた。私は、H子の口から、佐藤先生の噂を、たくさんきかされていた。

H子が、しばしば、部厚い手紙を寄越していたことは、事実であった。どれくらい、もらったか、かぞえてもいなかったが、彼女の方は、二百通も書いた、と言っている。どの手紙も、きわめてとりとめない内容のものであり、返辞を書かねばならぬ必要をみとめなかったし、私は、療養所にいる妻にさえ、一回もハガキすら出したことのない、ものぐさであった。

「実は――」

佐藤先生は、なお、ライターをパチパチ鳴らし乍ら、

「僕は、H子が好きなのだ。……意中の男はいるのか、と問い糺《ただ》したところが、なかなか白状しなかったが、とうとう、ラブレターを二百通も書いて、一通も返辞をもらわない男がいる、と告白した。しかし、その名前は、言わなかった。ただ、三田文学の同人の一人で、才能はあるが、まだ、文壇からみとめられず、心にもない児童小説を書いている男だ

という。それだけきけば、その男が誰であるか、すぐに判った。……君は、そのラブレターを取ってあるかね？」

訊ねられて、私は、頭をかいた。私は、それを、一通ものこしてはいなかった。

私が、それを告げると、先生は、いまいましそうに、

「君は、作家になれないね」と、言われた。

私は、恐縮して、首をすくめた。

「ところで、こんど、三田文学を、丸岡君の能楽書林から、Kという出版社に移して、木々君と私が、責任をもって、編集することになった。それを機会に、才能のある新作家を登場させたい、と思う。……君、百枚ぐらいの力作を、書いてみないか。私が、推薦者になろう。……ことわっておくが、これは、H子とは、きりはなして、考えてくれてよい。私は、才能のある新作家を、世に送り出すことが、好きなのだ」

この言葉は、私の心身を、感激でふるわせた。佐藤春夫という一人の天才的な詩人によって、いかに多くの秀れた作家が、文壇に登場したことであろう。太宰治もそうであった。井上靖もそうであった。その一人に、自分もえらばれたのである。

「やってみます！」

私は、その場で、先生に誓った。

一月後、私は、脱稿した九十八枚の「デスマスク」という作品を、先生の許へ持参した。先生は、その場で、読まれてから、書きなおしを命じられた。才気を得意気にみせる表現が多すぎるゆえ、それをぜんぶ消した方がいい、という忠告であった。

「デスマスク」は、装いを改めた「三田文学」の復刊第一号に、掲載された。安岡章太郎の「ガラスの靴」と一緒であった。

これは、芥川賞の候補になった。敢えなくも落ちてしまったが、その選後評に、佐藤先生は、

「私は、いまでも柴田の『デスマスク』を推す気持を変えてはいない」と、書かれ、その時の芥川賞作品を、全く否定された。私にとって、生涯の感動であった。

次に書いた「イエスの裔《すえ》」が、さいわいに直木賞になって、私は、文壇へ登場が許された。と、書くと、いかにも、自分で自分の出世譚を、得意げに披露しているようであるが、「デスマスク」を書き、「イエスの裔」を書いている頃から、受賞して、一年あまりの間は、私は、一種のノイローゼ気味になっており、いま思いかえしても、イヤになるのである。

雑文書きにでもなると、自分は相当な才能ではないか、といささかのうぬぼれがあったが、一流の作家になるには、何かが欠けている、という意識があった。これは、どうにも、払いのけられなかった。

にも拘らず、「デスマスク」が芥川賞候補になるや、この次は、是が非でも、芥川賞を

もらわねばならない、という気持になってしまっていた。それにあたいする作品を書かなければならなかったのである。

「イエスの裔」は、芥川賞と直木賞の両方の候補になったが、これは、あきらかに、狙った作品であった。そのいやしさが、私自身には、判っていた。

そのために、受賞してからも、しばらく、自己嫌悪が、消えなかった。

祝賀会が催され、その期の芥川賞受賞の堀田善衞と、主賓の席につき、佐藤先生とならんだ私は、すこしもはればれしい気分にはなれなかった。

その祝賀会の受付を、やってくれたH子は、丸岡氏に、

「これで、わたくしの役目が、みんなおわりましたわ」と、言いのこして、十三も年下の愛人の許へ去った。

H子としては、私を、世に送り出したつもりであったろう。たしかに、私は、H子に感謝しなければならなかった。しかし、私は、ついに、彼女に向かって、一言の礼も述べなかった。私は、彼女から、それを責められても、かえす言葉もない。

あれから、十数年の歳月が、いつの間にか流れ過ぎた。恩師はすでに亡く、H子の消息も、私の耳にはきこえて来ない。

あわれ
秋風よ

情《こころ》あらば伝えてよ
――男ありて
今宵、書斎に、ひとり
むかしを顧て
思いにふける、と。

（『小説新潮』一九六六年二～十二月号）

色身

須藤三郎は、一時間五枚のスピードで、週刊誌の時代小説を書きまくっていた。

伊東のはずれにある温泉旅館の離れで、午後十時をまわっていて、部屋についている浴室の湯音だけが、単調にひびいていた。

この離れには、月に一度ずつ、泊りに来ていて、須藤にとって、馴れている静寂であった。須藤は、ペンをすてた時、ふと、この静寂を、ひどく不安なものに、感じた。はじめての経験であった。

ペンをすてたのは、漢字を忘れたからであった。

「蟷螂《とうろう》の斧」と書こうとして、蟷螂という字を思い出せなかったのである。

須藤は、小学生の時から、漢字をおぼえることにかけては、異常な才能があった。六年生の頃には、教師よりも、たくさん知っている、という自信があった。大学で、支那文学科をえらんだのも、その自信の故《ゆえ》であった。

ところが、最近にいたって、しばしば、やさしい漢字を度忘れして、当惑するようになった。

須藤が、いわゆる流行作家になったのは、五年ばかり前からであった。それまでは、せいぜい、隔月に一篇ぐらい、中間小説を書いていた。どれも、自信のある作品はなかったし、批評家から、ほめられたこともなかった。その前に、かなり大衆的なねうちのある文学賞をもらっていたが、もらったからといって、注文は殺到したわけではなかった。なかば、持込みの手つづきをとらなければ、雑誌に、掲載してもらえない中途半端な作家の一人でしかなかった。

須藤の名前が、突如として一般に知れわたったのは、S社が、他の出版社にさきがけて発刊した週刊誌に、読物形式の時代小説を、連載しはじめてからであった。須藤は、どうして自分が、S社が社運を賭けた週刊誌に起用されるのか、よくわからなかった。須藤は、それまで、S社が出している中間雑誌に、一度も書いたことはなかったし、編集長に、一人も、面識がなかった。

編集担当の重役が、須藤が、ある三流週刊誌に書いた時代小説を読んで、これはやれそうだ、と英断したためであることが、後日判った。須藤は、その時、時代小説を書く資料など、一冊も持っていなかった、といってもよかった。

須藤は、それまで、漢書しか読んだことはなかった。日本歴史など、中学生程度の知識しか持合せていなかった。徳川の将軍の名を言われても、それが何代目か、こたえることはできない心細さであった。

にも拘《かかわ》らず、図々しく、時代小説を書く気になり、また、一応読めるものが書けたのは、むつかしい漢字を縦横に駆使し得たからである。

現代では全く死語と化してしまっている漢字を、思いきって、使ってみると、かえって、格調らしいものを示す効果があり、これが、須藤の文章のささえになったのである。

須藤が、S社の週刊誌に書いた時代小説は、まことに、ふんだんに、死語となっていた漢字が活かされて使われている。

須藤は、ようやく、自分の得意の才能が陽の目を見た自信を得て、難解な漢字を、ますます、多く使うようになっていた。

ところが、一年ばかり前から、こういう場面で、こういう性格の武士のせりふとしては、ぴったりの名句がある筈《はず》だ、としきりに思い出そうとしても、さっぱり思い出せなくなってしまったのである。

いったい、須藤は、俚諺《りげん》・格言・雑句に、奇妙に惹かれる性癖があって、やたらと読みちらした男であった。それが、時代小説を書く上で、どんなに役に立ったか知れない。度忘れが屡々《しばしば》になって来ると、須藤は、しだいに、文章に自信がなくなりはじめた。

唯一の取柄である、死語を復活させて、格調をととのえる操作が、自信喪失とともに、ひどく不自由になって来たからである。

蟷螂、という文字さえ忘れてしまった須藤は、急に、数十万部の週刊誌に、臆面もなく、ろくな資料も持たず、調べもせずに、時代小説を書いている自分に、ふと、微かな嫌悪をおぼえた。

編集者は、貴方以外に、週刊誌の時代物で、多くの読者をひきずる作家はいない、とおだてる。原稿料は、うなぎのぼりになっている。行くさきざきで、先生の愛読者だ、と言われる。

いつの間にか、いい気になって、流行作家面をして、どこへ行っても、その扱いをされるのを当然だと考え、狎《な》れてしまっている。

「ふん――」

須藤は、温泉旅館の離れの静寂を不安なものに感じている自分を嘲《あざけ》った。

「幽霊の正体見たり枯尾花、というやつだ」

ひくく、呟《つぶや》きすてた。

蟷螂という字さえ度忘れしてしまったのである。漢文の素養がある、と言われている作家が……。

須藤は、どこかで、学識のある人々が、時おり、自分の時代小説を読んで、その出鱈目さ加減に、ひそかに苦笑して、世間は無知蒙昧の輩ばかりだな、と思っているのではなかろうか、という気がして来た。

——贋物は、かならず、メッキが剝げる時が来る。

そんな言葉も、脳裡《のうり》につき刺さって来た。

須藤は、しばらく、不安に堪えていたが、やりきれなくなって、卓上電話の受話器をとった。

帳場から、女中の声が、

「はい、はい——」

と応えるのをきいて、須藤は、誰に電話をかけようとしているか、自分でも考えていないのに気がついた。

「東京へたのみます」

そう告げて、いそいで、手帖をめくった。

須藤が、えらんだのは、銀座のある小さな酒場の番号であった。

そこにいる、由紀という女性の顔が、思い泛《うか》んだからであった。

須藤は、それまで、短い期間の情事は、いくたびか経験していたが、いずれも、情事をいとなんだあと、別れてしまえば、脳裡から煙のように消えてしまうあいてばかりであった。いつとなく、須藤は、もう、自分は、女を愛せなくなった男だ、ときめてしまっていた。

その美貌に惹かれて、かなりの期間つきあい乍《なが》ら、情事にいたらないうちに、あいての態度や生活にイヤ気がさして、遠ざかってしまった場合もある。映画女優の梶冴子の場合がそうであった。

二年前、須藤は、自分の原作の映画のセット撮影を見物に行った時、宣伝部前の広場で、下駄の鼻緒をすげている女のわきを通りかかった。大層地味ななりをして、頭髪をぐるぐる巻きにしているので、仕出し女優だろうと思い、いかにも侘《わび》しげな様子をあわれみつつ行き過ぎようとした。

とたんに、何気なく擡《もた》げたあいての貌《かお》に、須藤は、どきっとなった。

「日本の処女」という宣伝文句で売り出して、戦中から第一線スターの地位をたもっている梶冴子であった。

その美しさは、須藤が、これまで出会ったどの女性も、比べものにならなかった。

須藤は、数秒間、そこに痴呆のようにつッ立って、梶冴子を見下ろしていた。

冴子は、見知らぬ陰鬱そうな中年男に凝視され乍らも、べつだん表情もうごかさずに、かるく一揖《いちゆう》して、立去った。その自然な態度が、須藤の心に、永くのこった。

偶然、須藤が、共通の友人である脚本家の佐上某に、梶冴子をひきあわされたのは、それから、一月ばかり経ってからであった。

須藤は、その時、はじめての出会いのことを語って、
「われわれ中年の無精者になると、どんなことにも滅多に驚かなくなりますが、突然、あ
あいったあんばいにショックを受けると、しばらくの間はやりきれないですね」
と、つけ加えた。
この言葉は、冴子の胸に、刻まれたようであった。
それから、月に一度か二度、須藤は、冴子に会う機会があった。須藤が仕事をしている
場所へ、冴子がたずねて来たり、何かのパーティで出会って、一緒にほかの場所へ移った
りした。一度、須藤は、思いたって、車をとばして、逗子の彼女の家をおとずれたことが
あった。彼女は、ロケに出かけていて、帰宅時間が不明であった。須藤は、妙に意地にな
って、何時間でも待つことにした。
その家は、戦前に建てられた古い洋館で、ひどく荒れた印象であった。「日本の処女」
が住むには、ふさわしくなかった。家庭に複雑な事情があり、彼女ひとり、にげ出してく
らし乍ら、かせぎの大半を実家に送金している様子であった。
須藤は、うっすらとほこりのつもったピアノの蓋をひらいて、うろおぼえの曲をひいて
いるうちに、急に、堪え難い侘しさをおぼえた。
冴子が帰って来たのは、三時間以上も過ぎてからであった。冴子は、いつもの冴子では
なかった。付人やら撮影スタッフの幾人かにとりまかれていたからである。冴子は、大ス

ターの梶冴子であった。須藤は、不快になり、ものの十分も対坐しないうちに、立ち上っていた。冴子は、止めなかった。その後、久しく会う機会がなかった。須藤から手紙も書くこともなく、冴子からも、便りは来なかった。

千葉の海岸にあるホテルで、須藤が仕事をしている時、突然、冴子が、近くにロケに来たといって、会いに来たのが、それ以来、はじめてであった。

冴子が、来て間もなく、強く雨が降りはじめた。須藤は、彼女が泊ることになるだろうと、その雨を、運命的なものに考えた。

須藤は、かなり巧妙に、そうなって行くように振舞い、冴子もまた、覚悟したようであった。

雨が硝子戸にうちつけて、滝のように流れ落ちるテラス際で、並んで立って、須藤は、遽《にわか》に激しい動悸にかられつつ、

「貴女を泊める！」

と、言った。

冴子は、こたえなかった。

須藤は、その沈黙を承諾の意味に受けとって、冴子を引き寄せた。

その時、電話が鳴った。フロントからで、助監督が迎えに来た、と告げた。すると、須藤は、冴子が黙っていたのは、助監督が迎えに来ることを知ったからだ、とさとった。須

藤は、屈辱をおぼえた。

「貴女は、やっぱり、映画スターだ」

わざと、冷たく、言った。冴子は、一瞬、こわばった表情になったが、そのまま、出て行った。

三十五歳になり乍ら、彼女は、それまで、ただの一度も、情熱をむき出した行為を経験していなかったのである。須藤の方もまた、彼女のつつましさを剝ぎとってやる乱暴な度胸が出なかった。

「日本の処女」であり、大スターである仮面が、こうした場合にもすてられず、また、すてられない彼女を見てとる須藤の方にも、苛立《いらだ》たしさが起っていた。そういう、依怙地《いこじ》な感情が、出て行く冴子を、あらあらしくひきもどす行為を封じた。

その後、須藤は、銀座で、冴子とめぐり会ったが、もはや、どうしようもない距離があった。

「僕は、貴女が好きだったが、もうやめにする」

喫茶店で向かいあうと、笑い乍ら、そう告げたものだった。

冴子も、微笑し乍ら、

「わたしは、だめなんです。一生ひとりでくらすように、神様に、きめられてしまっているんです」

と、こたえたことだった。

須藤が、その小さな酒場へ入って、由紀を見たのは、その宵であった。

由紀は、際立った美貌でもなく、小柄であったが、その笑顔がずば抜けて明るく美しかった。

毎週、通勤の電車の中で、じぶんを夢中にさせる週刊小説を書いている作家を、目の前にしたおどろきを、率直に、その笑顔に示した。どうやら、営業用のコケットではなさそうであった。須藤には、それが、営業用のコケットでもかまわなかった。

先刻別れた梶冴子の、神秘的と称される美貌も、由紀の笑顔の前では、色褪《いろあ》せたものに思われた。

須藤はその夜、しかし、相変らず、陰鬱なポーズをとって、口をひらけば、皮肉な言葉しか出さなかった。

酒場を出た時、須藤は、

——おれは、あの由紀という女に、夢中になって、惚れてやろうか。

と、思った。

冴子に対する復讐の意識があった。

冴子よりも、由紀の方が、十倍もすばらしい女性だ、と思い込むことは、爽快な気がした。

週に一度ぐらいの割あいで、須藤は、その酒場へかよいはじめた。

殆ど酒をのまない須藤は、一人で、酒場に入るのは、かなり億劫であった。だから、それまで、人にさそわれなければ、滅多に、酒場に入ったことはなかった。

はじめて、須藤は、一人で、すすんで、酒場にかよいはじめたのである。

しかし、須藤は、べつだん、由紀を、外へさそい出すこともせず、好きだというそぶりも示さなかった。

仕事場に、御茶の水のホテルをあてていて、そこにいま泊っているから、遊びに来ないか、と言ったが、それを約束したこととは考えずに、由紀が正直にたずねて来た時には、忘れて、外出してしまっていた。

須藤は、由紀をわがものにしたい、という野心はなかった。

かよっているうちに、由紀だけは、そういう野心の対象にならない女に、思われて来たのである。彼女が結婚を約束した青年に、驕慢さのゆえに、逃げられた、という話を、親しくしている朋輩からきかされた時、須藤は、結婚できる男でなければ、絶対にゆるさない女なのだ、と思った。

半年ばかり経った頃から、須藤は由紀をつれて、ナイト・クラブなどへ行くようになったが、なお、べつに、野心は起していなかった。尤《もっと》も、由紀は、必ず、その親しい朋輩をさそって、三人連れを実行した。

須藤は、クラブを出ると、彼女たちに小遣いを渡し、タクシーへのせておいて、自分は、柳橋の待合へ、馴染の芸者に会いに行った。

しかし、由紀を知るまでは、欲情の処理あいてとして、その芸者が、いちばん気心も知れていて、永くつづきそうだと思っていた須藤は、由紀と別れて、会いに来てみると、なんとなく、うとましくなっている自分に気がついた。

「今夜は、おれは、一人で寝るから……」

そうことわって、芸者を、いぶからせた。

仕事で疲れている、という弁解をしたが、須藤は、不能になるのを怖れたのである。

須藤は、仲間たちと、しばしば、素人女を世話すると称する待合などへ、出かけていたが、流行作家になって以来、三度に一度ぐらいしか、満足な結果を得られなかった。

いかにも素人めかした女が、入って来るのを見たとたんに、

――今夜は、だめだ！

と、自分の不能をさとった。

そして、それは、常に事実その通りであった。

須藤は、べつだん、妻との間が不和ではなかった。妻を無視していただけである。妻には、全くといっていいくらい接していなかった。そういう意味では、須藤は、極端なエゴイストであった。二十年も一緒にくらして来た妻にさえも、何十%か、全く判らない部分

をつくっていた。

自分が好人物であり、臆病者であり、底の方には、あたたかいものを持っている男だ、と思っている須藤であったが、一面では、自身でもぞっとするくらい冷酷なところがあることも、知っていた。

妻に対する須藤の態度は、その冷酷な一面をむき出していた。もとより、それには、さまざまの原因と事由があったが、弁解の余地のないくらい、須藤の行動は、独身者のそれよりも、自由であり、気ままであった。

といって、須藤は、妻を決定的に裏切ろうという料簡はなかった。

ただ、毎月五六百枚もの原稿を書きまくる生活をしていると、家庭というものをかえり見てはいられず、ペンを握ると、ただちに走らせねばならないコンディションに自分を置くためには、利那利那で、気分を転換しなければならなかった。

須藤は、健康ではなかった。頭脳以外は、殆ど悪かったといってもよかった。それは、怠け者であった時代から、そうであった。ただ、その悪さは、どれも致命的ではなかった。殆どが毀《こわ》れかかり乍ら、バラバラになるにはいたっていなかった。だから、机の前で、眩暈《めまい》がしたり、背骨が激しく疼《うず》いたり、後架から出て来ると俯伏《うつぶ》せて半時間も唸《うな》ったり、二分おきに痰を吐いたりし乍らも、おれは、絶対に仆《たお》れぬぞ、という妙な自信があった。どれかが、むざんに毀れてしまえば、その瞬間に、他の器官も、連鎖反応を起してあっという間に毀れてしまう——そんな不安は、絶えずあったが、そのどたん場は、まだ十年ぐらい先だろう、と見くびっていた。

死ぬことが、さまで怕《こわ》くないということが、須藤の自信の根底となっていたようである。いわば、須藤の生きかたは、矛盾だらけであった。

大層細心であるかと思えば、時々途方もなく軽率な真似をやってのけて、顔面蒼白になって立往生する。かっとなると見境つかずに、恩義のある人にむかって絶縁状をたたきつけるかと思うと、クリスマス・イヴには、こっそり教会へ行って、十万円寄付してみたりする。妻を死ぬ程殴りつけるが、女中に対しては大声もたてられない。電車の中などで、あれは須藤三郎だと指さされると、むかむかして来て、その注視に堪えられずに、車輛を移ってしまう癖に、銀座の酒場などに入って、すぐに素姓が知れないと、なんとなく面白くなくなって、おちつかない、とか。

こういうあわただしい明け暮れを送っているうちに、須藤は、だんだん、仕事の方もマンネリズムに陥って来ていたのである。

由紀とのつきあいも、その酒場と、ナイト・クラブですごすのと、それ以上は、すすんでいなかった。

伊東の温泉旅館の、深夜の静寂に不安をおぼえて、電話をかけるあいてとしては、さしあたり、由紀がいちばん、ふさわしかった。

しかし、その酒場に電話が通じた時、由紀は、もう帰ったあとであった。

がっかりした須藤は、ごろりと仰臥《ぎょうが》すると、こんどこそ、孤独に堪えられないさびしさにかられた。


二日後の夜、東京へ帰った須藤は、その足で、その酒場に入って行った。

入ったとたん、奥から、さのさを唄っている由紀の声が、きこえた。それは、ただのさのさではなく、卑猥な替歌であった。

須藤は、唄わせている客を一瞥して、不快になった。肥った、禿頭で、いかにも欲情の強そうな男であったからである。

須藤をみとめて、その明るい笑顔を近づけて来た由紀は、眉宇《びう》をひそめて、

「つかれていらっしゃるみたい。ゆうべは、徹夜？」

と訊ねた。

「伊東から帰って来たんだ」

「伊東へ行ってらしたの。いいな。わたしも、温泉へ行きたい。こんど、つれて行ってー」

「おい！」

須藤は、意地悪になった。

「君までが、そういう営業用のせりふをつかうのは止《よ》せ。じゃ行こう、とこたえたら、君は、本当について来るか。来る筈がないじゃないか」

「……………」

由紀は、一瞬、鼻白んだが、そっと顔を寄せて、

「どうしてそんなに不機嫌なの？」

「君に、言いたいことがあるからさ」

「なに？　どんなこと？」

「君は、この前、この酒場だけは、みんなまじめで、つまり、ふつうの会社に勤めていると同じ気持でいる、いわゆる女給と見られることをいやがっている、と言ったね？」

「ええ、言いました。ほんとなんですもの。ほんとに、みんな、まじめよ。きちんとしたくらしをしているひとばかりよ」

「しかし、ここは、酒場だ。君は、女給以外の何者でもありゃしない」

「……………」

「そうだろう。そうにちがいないじゃないか。……女給をしている限り、君を、お嬢さんとしてつきあう男はいないんだ」

須藤は、もっと残酷な言葉を用意していたが、それは、口に出さなかった。

由紀は、黙り込んだ。そして、持っていた支那扇で、顔をかくした。

おそらく、由紀は、自分をすてた青年のことを思い出していたに相違なかった。由紀は、その青年に、処女を与えていた。結婚できることに、なんの疑いも抱いていなかったし、接吻だけでは我慢しきれない好奇心にかられた。一夜のはずみで、与えてしまったのである。青年は、二流の貿易会社の社長の次男であった。貧乏に育った由紀は、ブルジョア生活に対するあこがれを持っていたのである。青年は、小柄で、貧相で、見ばえのしない好人物であったので、由紀は、じぶんのような美貌の娘には、もっと立派な結婚相手があらわれるにちがいない、という自信から、常に、青年に対しては、驕慢であった。ただ、対手《あいて》が、社長の息子であり、K大出身であり、一流の石油会社に勤めているという条件を、充分計算に入れた上での、恋愛であった。計算は、驕慢さによってやぶれた。

由紀は、女給であった。青年の家では、絶対に、ゆるさなかった。由紀は、女給であるために、ゆるされないのなら、と店をやめて、青年を責めた。しかし、青年の家では、女給であった由紀を、みとめなかった。

青年が、九州支社へ転勤させられて、由紀は、はじめて、じぶんの驕慢さが青年を去らせたことに気づいた。青年をどんなに愛していたか、わかったが、もうおそかった。

孤独になった由紀は、やはり、女給になるよりほかはなかった。

女給であるために、恋人をうしない、結婚の希望を失った由紀には、酒場に勤めていても、決して自分を見失っていないことを、誰かに、判ってもらいたかった。作家である須藤なら、判ってもらえると思っていた。

しかし、須藤は、そのあわれな誇りを、冷笑してみせた。由紀にとって、須藤の言葉は、痛かった。

須藤は、支那扇のかげで、声もなく泣く由紀を、なぐさめようとはしなかった。

親しい朋輩が来て、須藤をなじったが、須藤は、にやにやしているばかりであった。

一時間ばかりして、支那扇をはなした時、由紀は、もとの明るい笑顔にもどっていた。

須藤が、帰るべく立ち上った時、由紀は、お正月には、日本髪を結うから、ぜひ見て欲しい、と言った。須藤は、承知した。

須藤は、由紀との約束を果さず、正月七日間を川奈ホテルですごして、帰京すると、すぐに、本郷にある旅館に入って、仕事をはじめた。

四十枚の短篇を、昼頃から書きはじめて、夜十時すぎには一気に脱稿していた。

背中に、洗濯板をはりつけられたような鈍痛をおぼえて、しばらく、死んだように仰臥していた須藤は、ひくく唸り乍ら、片腕をのばして、電話の受話器を把《と》った。

由紀の声が、ひびくや、須藤は、急に、約束を破ったことを後悔した。

須藤は、どうしても帰京できなかった理由をつくって、詫びた。

「……わたしは、誰よりも先生に見て頂きたかったのよ。ほんとよ。嘘じゃないわ」

由紀は、昨日まで、どんなに苦労して、島田を崩さないようにもたせて来たか説明した。

須藤は、ひたすらあやまって、電話を切った。

背中の鈍痛は、さらに、増した。絶え間なく、咽喉に、痰がからんだ。

——おれは、ひょっとすると、今年あたり、くたばるかも知れん。

その恐怖が、実感として、胸に来た。急に、死ぬことが怕くなった。——おれが死んだら、手をたたいて、わらったり、よろこんだりする奴が、たくさんいるだろう。

須藤は、起き上ると、柳橋の待合へ行くべく、身仕度した。

その時、廊下に跫音《あしおと》がして、女中が、

「お客様でございます」

と、告げた。

入って来たのは、由紀であった。

由紀は、ただ、明るく笑ってみせた。

須藤は、眩《まぶ》しくて、間抜けた沈黙をまもった。

「三十分だけ、お邪魔します」

「い、いや……仕事は、すんだのだ」

須藤は、そわそわして、茶碗の湯をこぼしたりした。

とりとめない会話を、しばらくつづけているうちに、須藤は、肚《はら》をきめた。しかし、きっかけをつかむのが、いつの場合も不得意の須藤は、なかなか、卓子をへだてて坐っている由紀のそばへ、近寄る勇気が出なかった。

「いい羽織だね」

そこへぬいであるそれを、手に把ったとたん、咄嗟に、行動を起す手がきまった。

須藤は、羽織を、頭から、ひっかぶると、

「おれは、狼だ！　怕いぞ！　怕いぞ！」

と、言い乍ら、匐《は》い寄った。

由紀は抱きすくめられ、うしろに敷かれた夜具へ倒れ乍ら、

「先生、いや！　いや！」

と、拒んだ。

しかし、むりやり、唇へ唇を押しつけられると、もう反抗しなかった。

須藤は、由紀がゆるすつもりで、やって来たのだ、と受けとった。

そのままの姿で、須藤は、由紀を、夜具の中へ、仰臥させ、のしかかった。

やがて、須藤の片手が、下へのびた。由紀は、その手を摑んで、動かないようにした。

「駄目か？」

「ダメ！」

短い会話が、くりかえされた。

ものの一時間も、接吻だけつづけていてから、須藤は、ようやく顔をはなして、

「帯だけでも解いたらどうだ?」

と、促した。

「いや!」

由紀は、かぶりをふった。

「君は、残酷なやつだな」

須藤が、言うと、由紀は、小さな笑い声をたてた。

「よし! 朝まで、こうして、抱いていてやる!」

「ダメ! 帰らなくちゃ、叱られる」

「帰さない」

須藤は、再び、片手を下にのばして、つよく拒まれた。

——何もせずに、こうして、抱いているだけで、夜を明かす経験をしてもいい。

須藤は、自分に、言いきかせた。

……やがて、障子が、白く浮きあがって来た。夜が明けるのは、大変短かった。

身づくろいをした由紀は、鏡の中から、須藤に笑いかけて、

「何もなかったのに、あったように、女中さんたちに見られるのは、つらいわね」

須藤は、苦笑した。

その瞬間、須藤は、彼女から、泣かせたしかえしをされたのだ、とさとった。

「君は、絶対に結婚できない運命をもっている女なんだぞ」

「そうかしら。悲しいわ」

「いくら悲しくても、そうなんだ。そういうことにきまっているんだ」

由紀はしかし、こんどは、泣かずに、元気よく、鏡台の前から、くるっと向きなおると、畳に両手をついて、

「お邪魔しました」

と、ていねいに、頭を下げた。

——この女は、もう、おれのところには来ないだろう。

須藤は、そう思った。


由紀が、その酒場から、姿を消したのは、それから一週間ばかり過ぎてからであった。

そして、須藤が、彼女の親しい朋輩から、由紀が、子供のある平凡なサラリーマンと結婚したことをきかされたのは、その年の秋であった。


（『別冊文藝春秋』第七十四号、一九六〇年十二月）

蜃気楼

須藤三郎は、四十余年間の生涯で、孤独を愉しむということを、一度も経験したことのない男であった。

作家のくせに、風景というものに、さっぱり興味を抱かなかったし、また、どんな壮麗なたたずまいを観せられても、あまり感動したことがなかった。

虚名を得てから、しばしば、雑誌社や新聞社主催の講演旅行へ行くが、行くさきざきで、土地の人から、

「ここが、日本で唯一の眺めで――」

とか、

「まず、世界にも例のない自然の美しさで――」

とか、誇らしげに案内された場所に佇《たたず》んで、その言葉通りに、感動したためしがないの

である。

そこをはなれたらもう、けろっと忘れてしまっている。カメラは持たず、メモもとったことがない。

ただ、最近になって、見知らぬ町を、一人で、うろつくことが、なんとなく、好きになっている自分を知った。

初夏になって、Y新聞社から、北陸で講演してくれないか、とたのまれた時、須藤三郎は、ふと、そのことに気がついた。

北陸には、まだ一度も行ったことがなかった。べつに、日本海の景色に興味はないが、明治や大正からのたたずまいの残っている（それも、決して観光にたえる建物があるのではなく）うす穢《ぎたな》い町通りを、一人で、うろついている自分の姿が、泛《うか》んで、須藤は、承諾した。

魚津という町は、蜃気楼《しんきろう》とほたる烏賊《いか》で有名らしかったが、須藤は、そんなものは、見たくはなかった。汽車から降りると、しかし、須藤の期待に反して、町のたたずまいは、復興した戦災都市と変りはなかった。何年か前に、魚津が大火に遭って、市街の大半を烏《う》有《ゆう》に帰せしめたことが思い出された。

須藤は、あきらめて、旅館で、週刊誌の仕事をすることにした。

しかし、机にむかったとたんに、隣室がさわがしくなり、麻雀の牌の音がひびきはじめたので、須藤は、舌うちして立ち上り、おもてへ出た。

繁華街は、旅館のある小路を出ると、そこにあった。日本中、どこでも見られている風景であった。

ぶらぶら歩いているうちに、とある小さな画廊が、目についた。漁港に、画廊があるのが、須藤の心を惹いた。

入ってみると、無名の日本画家の個展をひらいていた。十五号ぐらいのが、七八点かざられてあるだけで、須藤は、入った時には、きわめてありふれた、蜃気楼をあしらった風景画ばかりだな、と思った。

しかし、退屈しのぎに、パンヤのはみ出した長椅子に腰をおろして、正面の絵に、ぼんやり眸子《ひとみ》をあてているうちに、これは、画家が、幾年も蜃気楼を眺めつづけて、ついにとらえたモチイフではないか、と思いはじめた。

一瞥した限りでは、どの絵も、必ず、蜃気楼を、海のかなたに配しているのが変っているだけで、どうということもない風景画であった。

しかし、それは、おそろしく強靭《きょうじん》な、執拗な感覚で、とらえられているように、思われた。一般日本画家が、慣習的に用いている線とか、下塗りの技巧を排して、一瞬裡にとらえた、中天をつらぬく鋭いムーヴマンを、須藤は、その中に見出した、と思った。

これは、あきらかに、唐以前の、漢や北魏の、あの独創的な、雄渾そのものの魅力に一脈通ずるものであり、墨絵独特の生気を、みごとに浮きあがらせている鋭さがある。下塗りという概念をすて去り、薄墨で刷《は》くのは、つけたてのように一気に描くことであり、線を入れるのは濃墨の効果をねらったもので、輪郭線ではない——この精悍《せいかん》な自信は、いったい、どこから生れたものだろう、と須藤は、うたがった。

須藤は、椅子から立って、一点一点を、熱心に、鑑賞しはじめた。

そして、自分の鑑賞眼が正しいような気がして来た。

これらは、自己を確信することによって、なされた自然への鋭い凝視であった。毎日毎日、その自然を眺めつづけ乍らも、一瞬裡にそれがわがものになるのを、この画家は、忍耐づよく待ちつづけたに相違ない。それには、蜃気楼こそ、最も象徴的な現象であったのだ。

自己の裡《うち》にある単純な、そして強烈な感覚が、ぱっと白熱化して、その焰《ほのお》で、自然の風物を燃やしてしまった、といってもいい。タッチは、まさに、エトルスタの血の流れたルネサンスの巨匠の性格に、一脈通ずるものを、持っている。この画家は、生の力をうたいあげる韻律を、最も単純な色彩の中に蜃気楼によって描き出した……。

須藤は、しかし、もとの椅子にもどった時、いつものわるいひねくれ癖で、

——おれは、もしかすれば、大きな錯覚にとらわれているのかも知れん。

と、思いかえした。

これらは、まことに凡庸な絵かも知れないのであった。

いずれにしても、退屈しのぎには、なった。

須藤は、これらが、つまらん絵に見えて来るまで、ここにこうしていてやろうか、と考えた。


須藤が、そうやって、二十分ばかりすごしているあいだ、画廊は、ひっそりとしていた。店の者もあらわれず、誰も入って来なかった。

この静けさが、須藤に気に入って、椅子から腰を上げさせなかった。

あたふたと、一人の小柄な男が入って来たのをしおに、須藤は、立ち上った。

男は、須藤の前に立つと、

「どうも、長いことお待たせして、すみませんでしたな。ちょっと、用事がありましてな」

と、ぺこぺこ頭を下げた。頭が禿げあがっているが、須藤よりは、若そうであった。きちんとネクタイもむすんでいるのだが、みなりをととのえているのが、かえって泥くさかった。

須藤は、画廊の主人にしてはあまりに無教養そうな風貌なので、とまどった。

「いや、ちょっと拝見しに入ってみただけです」

と、言いすてて、出て行こうとした。

すると、男は、

「まあまあまあ――」

と、なれなれしく、須藤の腕をとらえて、

「旅の恥はかきすて、と言いますがな。遠慮されることはありません。芸術のために、浮気をしてやるんだ、とお考え下さりゃ、いいでしょうがな」

須藤は、この男が、人まちがいをしているのに、ようやく、気がついた。

それを言いかけて、須藤は、口をつぐんだ。

芸術のために浮気をしてやる、という言葉が気になったからである。

須藤は、再び、椅子に、腰を下ろした。

「芸術のためにか――」

そう呟《つぶや》くと、対手《あいて》は、すかさず、受けて、

「そうですがな。芸術のためにですがな。……ごらんなさい。あんたは、インテリじゃから、この絵の、すばらしさが、おわかりでしょう。ともかく、天才といわれて居る男ですよ、この増田竹造は――。絵をかくことしか知らんのですからな。極端ないいかたをすると、一万円札も千円札も見たことがない男でしてな。つまり、みんな女房にまかせきりで、自分は一文無しで、くらしとるんですわ。変っとりますよ。……だから、このことも、あの男は何も知っては居らんのです。しかし、たとえ、知っても、ふん、そうか、と平気でいるでしょうな。ともかく、変っとりますがな。気ちがいと天才は、紙一重と言いますからな、まあ、変っとらにゃ、こういうすばらしい絵はかけんでしょうな。要するに、あんたのようなインテリが、天才の芸術のために、旅の思い出に、こっそり、人妻との不倫のスリルをあじわう——と、こういうわけですよ。一万円といえば、高いようですが、条件がそろっているんですからね、考えようによっては、安いとも言えるんじゃありませんかな」

べらべらとまくしたてるのをきいているうちに、須藤も、ようやく、のみこめて来た。同時に、この男の素姓に対する疑念が濃くなった。

まず、それを訊ねた。

「失礼だが、君は、岡山ですね?」

「ははは……かくしようがありませんな。どうしても、備前言葉がぬけませんがな」

——たしかに、まちがいない! こいつ、松次郎だ!

須藤は、確信した。

しかし、それをきくのは、躊躇《ちゅうちょ》された。ここで、お互いに、幼馴染であることがバレるのは、照れくさいものである。

須藤は、東京で生れて、大半は東京で育ったが、小学五年から六年にかけて、八ヵ月ばかり、岡山の海辺の祖母のもとに、ひきとられていた期間をもっている。

その時、同級で、最劣等生に、松次郎という少年がいた。父親の梅毒をもらって生れて来て、絶えず耳漏《みみだれ》を出して、そばに寄られると、異様な臭気があった。

東京の風をもち込んだ須藤は、なんとなく、みなから敬遠されたが、松次郎だけは、最初の日から、王子様でも迎えたような態度を、率直にしめして、勝手がちがって所在なさそうにしている須藤に、せっせと話しかけて、一人で世話やきをひき受けたものであった。

須藤は、くさいのはたまらなかったが、やがて、それもあまり気にならなくなり、家来をつくった便利さから、めんどうくさいことはみんな松次郎にやらせる横着をきめてしまった。

ある日、松次郎は、眇《すがめ》を光らせ乍ら、校舎の床下にもぐるように、須藤にすすめた。

「ええもんが、見えるぞな」

ただ一人、金鉱を発見して、北叟笑《ほくそえ》んでいたのだが、自分が心から尊敬できる人間があらわれたので、そっと教える、といったあんばいであった。

数十年も陽のあたらぬ床下の土は、灰のようにふかふかしていた。松次郎は、その上を、いくどももぐり込んだ馴れた敏捷な動作で、ちょこちょこと、小猿のように、四《よつ》ン匍《ば》いではしりまわった。

須藤は、動くごとに、土が、ふわっふわっと舞い立つので、気味がわるく、そろそろと移行せざるを得なかった。

「三郎さあん」

かなり遠くで呼ぶ声に、顔にひっかかる蜘蛛《くも》の巣をはらいのけたり、なにやら頸《くび》すじに落ちかかるゴミをかき出したりし乍ら、須藤が、ごそごそと匐《は》って行くと、床の上ではオルガンが鳴りひびき、ダンスの稽古がされていた。

「三郎さん、ここ、ここ――ええぞ！」

松次郎に腕をひっぱられて、よろめきつつ、須藤は、胸をわくわくさせた。

おんぼろの校舎の床は、板の継目の隙がひどく、はなはだしいところは、五分もあいていたのである。

パッパッとはねっかえる袴とスリッパの裏と白足袋が、消えたりあらわれたりした。足袋をはいた足はほとんど見えなかったが、それが女教師であることがわかると、廊下や窓から覗き見るのとは、まるっきりちがった床下の好奇の昂奮は、須藤を、その隙間へ、眸子を食いつかせたのである。

パラパラと塵が落ちかかるので、時々目をこすっては、また覗きあげるのだが、どうしても、袴とスリッパと白足袋以外には、何も視野に入っては来なかったが、須藤は、実に、執念ぶかく、そうしていた。

そのあいだ、松次郎は、じっとしていずに、ちょこちょこと、そこいらを動きまわっていたが、須藤の傍へ戻って来ると、

「オルガンの下の方が、ええぞな。こっちィ来んさい」

とひっぱった。

そこは、板の隙間が、一寸ちかくもひらいていて、須藤は、片目をくっつけたとたんに、白い皮膚の一部を見てとって、思わず、どきっとなった。それは、オルガンをふむ脚であったが、ふっくらとした脹脛《ふくらはぎ》が、ダラリと垂れた赤い下着の中に、あざやかな線をひいて、須藤の視線をうばったのである。

だが、その偸《ぬす》み見は、きわめて短く、須藤がのぞきあげて、一分間も経たないうちに、ひき手は止《よ》して、つと立ち上り、何やら可笑《おか》しそうに、踊っていた同僚と話しあっていたが、そのまま、さっさと出て行く様子であった。

しかし、その赤い下着にかくされていた白い皮膚が須藤に与えた印象は、強烈であった。のみならず、床下のなんとも名状しがたいすえた臭気が、あたかも女教師が床へこぼしたみだらな匂いであるかのように、須藤の鼻孔にのこって、その赤い下着と白い皮膚を、思い泛べるごとに、その臭気もまたよみがえって来て、青年になってからも、昨日のことのように、あざやかであった。

須藤は、その後いくたび、校舎の床下にもぐり込んだか知れない。しまいには、松次郎

にさえ黙って、ひとりこっそり匐い込んで、教員室の下へ行って、実に、熱心に、それをを捜しもとめたものであった。そして、そのたびに、期待の十分の一も、みたされはしなかったが、女教師のスリッパから塵埃《じんあい》を落されるだけで満足して、蜘蛛の巣だらけになって、ごそごそと匐い出て来たものであった。

あの幼い日の悪友である松次郎が、たしかに、この男であった。

須藤は、幼馴染であることはそ知らぬふりをすることにした。

「場所は——？」

とんでもないうす穢いところへつれて行かれてはやりきれない、と思って、訊ねた。

「ここの二階ですがな。ご案内しましょう」

松次郎は、立ち上ってから、ちょっと思案する恰好を示して、

「勝手ですが……やっぱり、さきに、頂戴しておきましょうか」

と、言った。

須藤は、黙って、一万円札を渡してやった。

松次郎は、おし頂いて、

「これだけあれば、天才夫婦は、ちゃんと一月くらしますよ。有難う存じます。……さ、

ご案内いたしましょう」

「君は、案内代は、要らんのですか？」

「わたし――わたしですか？　いや、わたしは、なにも、べつに、金が欲しゅうて、こんな取り持ち役を買って出たわけじゃありませんがな。天才のために、芸術のために――」

そこで、さも慨嘆に堪えない表情になると、

「こういう漁師町でしょうが――。芸術を解する奴がいるわけがありませんよ。埋没林じゃなどというて、一万年前だか二万年前だか知らんが、海の底にころがっていた木の根っこを、有難がって、観光の種《ネタ》にしたりしている連中ですからな。絵なんか、わかるわけがありませんよ。魚津にとって、最高の名誉は、天才画家増田竹造を生んだことである、と誇る者が一人でも居りますか。まったく、盲千人ですがな」

案内された二階は、東京の温泉マークのついた旅館のうちでも三流程度の部屋であった。ダブルベッドのほかには、何もなかった。片隅に、洗面器がついているだけで、どうしたのか、その中に、毀れたセルロイドのキューピーが抛《ほう》り込んであった。

壁には、「天才画家」の風景画が、かけてあった。須藤の目には、急に、なんとも安っぽいものに映った。

「ゆっくりして行って下さいよ。お泊りは、ちょっと都合がわるいんですがな、一時まででも、二時まででも、かまいませんよ。……いま、すぐに、参ります」

松次郎は、そそくさと、降りて行った。

ベッドに仰臥《ぎょうが》した須藤は、奇妙な気分で、ベニヤ板の天井を見あげた。

三十年も過ぎてから、邂逅《かいこう》してみると、対手は、女衒《ぜげん》になっている。女教師を床下から覗かせた松次郎の後身にふさわしい商売であり、旅に出た作家にとっては、まことに、小説的な、おあつらえむきな場面ではないか。

「天才画家」の女房が、身を売って、良人《おっと》の芸術をたすける。これも、あまりに小説的である。おあつらえ向きすぎる。

須藤は、急に、一種のバカバカしさをおぼえた。あまりにおあつらえ向きすぎることに対する疑惑がわくと、作家ともあろう者が、田舎町のポン引にまんまと、いいカモにされている不快感をおぼえずにはいられなかった。

——どんな女があらわれるか、参考までに拝見してから、ひきあげよう。

自分に言いきかせた。

三十分という時間は、おそろしく長かった。

階段に、ようやく跫音《あしおと》がきこえて、須藤は、待ちくたびれた者の期待を抱いた。

ドアが開いた。

須藤は、女を一瞥するや、

——これは、ちがう！

と、直感した。

化粧もしていない、三十五六の、まなじりがすこしつりあがっているほかは、きわめて平凡な顔だちであったし、買物にでも出て来たような、地味なふだん着を、着なれた着かたをしていた。

「お待たせいたしまして、申しわけございません。……ほんとに、どうしてお詫びしてよろしいのか、わたくし、困ってしまいまして……。主人は、あのように、口さきばかり達者で、つい調子に乗って、結果は、とんでもない罪を犯すことになるのでございます。しりぬぐいは、いつも、わたくしが、いたさなければならないのでございます」

「ちょっと、待って下さい」

須藤は、ベッドの上に胡坐《あぐら》をかくと、

「つまり、わたしが、ここで待っていたのは、だまされた、というわけですか？」

「はあ……」

女は、当惑の色を滲《にじ》ませて、須藤を見まもった。

「御主人は、下の画廊にかざってある絵の画家の細君が、ここへやって来る、と言ったのです。で、わたしは、助平心を起して、一万円を先渡しして、待っていた、というわけですよ。貴女には、なにもかもわかりますか？」

「はい、主人の大嘘でございます。この画廊は、この魚津の一番のお金持の兼松さんが、趣味で、ひらいていらっしゃるお店でございます。わたくしは、兼松さんのお宅で、長らく女中をして居りましたものですから、おたのまれして、おあずかりして居ります。いま、下で、やって居ります個展は、兼松さんが目をかけられたお方ですけど、今年の春、自殺なさいまして……」

「わかりました」

須藤は、不快を抑えて、頷いてから、

「ところで、ご主人は、どうして、見知らぬ旅行者のわたしを、つかまえて、さも、約束してでもあったように、あんなに調子よく、だましたのでしょうかね?」

と訊ねた。

すると、女は、

「先生は、須藤三郎先生でございましょう」

「そうですが、どうしてわかるんです?」

「講演なさいますので、お写真の入ったポスターが、あちらこちらに貼り出されて居りますから……」

須藤は、あっとなった。

迂闊であった。松次郎の方は、ちゃんと、こっちの素姓を知って、何食わぬ顔で、近づいて来たのである。

——あいつ！

須藤は、むかむかした。

「奥さん、貴女は、わたしが、ご主人と幼馴染であることを知っていますか？」

「存じ上げて居ります。先生が、こちらにおいでになることが、新聞に出ますと、主人が、教えてくれました」

須藤は、松次郎を許せぬ、と思った。

「奥さん——」

須藤は、破落戸《ごろつき》のように、ひらきなおることにした。

「わたしも作家ですからね。むかしの友達にだまされて、すごすごひきあげるわけにはいかないですね。第一、あんな奴に、一万円ただ取りされるのは、いやですよ」

「はあ……どうやって、お詫び申し上げてよろしいか——。主人はもう、その一万円持って、富山の、女のところへ、とんで行ってしまいましたし……」

「わたしは、女が欲しいわけじゃない。だまされたことにも、そんなに腹が立ってはいない。ただ幼馴染の松次郎君であったのが、許せないんだ。わたしをだますとは、何事だ、と言いたいのです。……これは、絶対に許せない！」

「申しわけございません」

女は、床へ両手をついて、平伏した。

「貴女は、ただ、あやまりに来ただけですか?」

「は、はあ——?」

「あやまれば、なんとか、ゆるしてくれるだろうと、考えて来たのですか?」

「いえ、そんな……、ただ、どうやって、お詫びすれば、いいのか——わたくしで、できますことなら、先生のお気持のすむように……」

「貴女に、何ができるんです? 貴女が、ここへ、寝てもいいというんですか?」

「え——?」

女は、怯《おび》えた眼眸《まなざし》を仰がせた。

「松次郎君は、虚名をもったわたしが、講演に来て、女を買おうとして、だまされたのを、決して、警察に訴えるわけがない、と見こんで、わたしをだました。そういう料簡が、許せぬ。……当然、わたしも、作家らしく、復讐しなければならん。そうでしょう。そうじゃないですか」

「………」

女は、俯向《うつむ》いて、何ともこたえなかった。

須藤は、腕時計を見た。七時になっていた。

三人の講演者のうち、須藤は、しんがりであった。まだ、一時間半ばかりある。

須藤は、ゆっくりと、ベッドから降りると、戸口へ歩き、そこのスイッチを押した。

部屋は、闇になった。

十時前に、須藤は、講演をおわって、旅館へもどって来た。

疲れていた。

昨夜は、三時頃まで仕事をして、上野から九時十分の白山号に乗って、一日中ゆられつづけて、魚津に着いたのである。

画廊の二階で、思いがけず、他人の女房を抱いてしまい、あわてて、会場へかけつけて、一時間あまり喋って来たのであるから、いくらエネルギイがあっても、足りる筈がなかった。

この数年、年に数回は旅に出るが、こんな奇妙な経験は、はじめてであった。

——あの女を抱いただけが、余計なことだったな。

部屋に入って、延べてある寝具の上に仰臥した時、須藤は、そう思った。

たしかに、闇の中で、見知らぬ人の女房を、ベッドの上へかかえあげて、そのまま、前を捲り拡げるのは、旅行者の無責任な欲情をみたすには、もってこいであった。

女は、充分に、反応をしめしたのである。

須藤は、せめてものエチケットに、闇の中で、みなりをととのえて、黙って出て来た。

その足で、講演会場に行ったのである。

しゃべっているうちに、女が、いつの間にか、会場の片隅にあらわれているような気がして、しかたがなかった。自己嫌悪におそわれて、しゃべるのが急にイヤになったものの、中止するわけにはいかなかった。

——たしかに、あの女を抱いたのは、余計だった。

松次郎が言ったように、旅の恥はかきすてには相違ないが、この後味のわるさは、やりきれなかった。

女が、からめて来た脚の感触が、まだこちらの脚にのこっている。それが、重かった。

須藤は、帳場へ電話をかけて、ブランデイの水割を持って来てくれるように、たのんだ。

それをはこんで来た女中は、ほかに、かなりなかさの品物を持っていた。

「さっき、蜃気楼画廊の横山さんが、おいでになって、これをさしあげてくれ、と置いて行かれました」

「細君の方かね？」

「いえ、横山さんおひとりです」

「ひとり？　ひとりといって、男か、女か？」

「女ですよ、もちろん——」

須藤は、品物をひき寄せた。

ほたる烏賊《いか》のつくだにであった。

――あの女は、松次郎の細君じゃなかったのか。

またもや、須藤は、だまされた、と感じた。

「ちょっときくがね、蜃気楼画廊というのは、あの目のつりあがった女が経営しているのか?」

「そうなんですよ。資本は、兼松さんという方が、出されたんですけど……」

「この魚津に、増田竹造という、今年の春に、自殺した画家がいたかね?」

「いいえ――」

女中は、かぶりをふった。

「あの画廊には、しかし、増田竹造の個展がひらかれているじゃないか」

「ああ、あれは……」

女中は、おかしそうに、笑った。

「あれは、横山さんがかいたのですよ」

「……?」

須藤は、唖然とした。

「横山さんは、雅号というんですか、それを、増田竹造、というんですよ。みんなへんに思っているんですけど、女らしい名まえが、きらいなんだそうです。……きっと、むかしの恋人の名をつけたんだろうと、いうんですけどね。……東京で、長いあいだ、兼松さんの二号になっていて、絵の勉強をしていたんだそうです。去年、こっちへ来て、画廊をひらかせてもらって、兼松さんとは手が切れて、ひとりになったんです。わざわざ、旦那の故郷へやって来て、画廊をひらいて、旦那とは別れる、なんて、おかしな話ですけど、ご当人は、蜃気楼に、たましいを魅せられた、というんですか、ともかく、夢中になったから、東京へ帰れなくなった、と言っているんです」

「河合松次郎、という男を、知っているかね？」

「ああ、兼松さんの会社で働いている人でしょう。関西の生れだというけど、調子のいい人ですね。あんな人を、どうして兼松さんは使っているんだろうと、みんな言っているんです」

——やられた！

須藤は、可笑しくなった。

「そうか。わかった。有難う」

女中は、須藤が、もっと何か訊くのだろう、と思っていたのに、急に、おしゃべりを止められたので、ちょっと、怪訝《けげん》そうに、いくぶん不審を含めて、須藤を眺めていたが、

「おやすみなさいませ」

と、頭を下げて、出て行った。

須藤が、寝床に就いてから、目蓋《まぶた》をとじると、画廊の絵の中の蜃気楼が、あざやかに泛んで来た。

――あれは傑作なのか。駄作なのか？

それが、いまは、須藤にとって、大層重要なことに思われた。

（『別冊文藝春秋』第七十六号、一九六一年六月）

北の果から

須藤三郎様。

貴方は、いまや、全国どこへ行っても、知らない者はないくらいの流行作家におなりになりました。ほんとに、有名におなりになりました。十年前の侘《わび》しい貴方を思い出して、感慨無量でございます。

このたび、貴方は、B社主催の講演旅行で、北海道においでになり、苫小牧《とまこまい》、室蘭、岩内《いわない》、歌志内《うたしない》、そして北見と、おまわりになりました。

貴方は、よもや、わたくしが、北見の講演会場の片隅に、そっと腰かけていたとは、夢にもご存じなかったでしょう。もし、わたくしが来ていることにお気づきになったら、どんなお気持で、講演なさいましたでしょう。いえ、冷酷な貴方のことですもの、わたくしなど無視して、平然とお話しになったに相違ありません。

十年前、踏台にして、古草履のようにすてておしまいになった貴方ですもの。わたくしが、貴方の前から消えた時、すぐに、忘れておしまいになったと存じます。

壇上にお立ちになった貴方は、十年前とすこしもお変りになっていませんでした。すくなくとも、わたくしが知っている貴方そのままでございました。

くやしゅうございました。わたくしは、流れて、こんな北の果ての、焼鳥屋の女中になって、見るかげもなくやつれはてているのに、貴方は、わたくしをお騙しになった時と同じ表情と口調で、千人の聴衆に話しかけていらっしゃる。こんなくやしいことが、またとあるだろうか。わたくしは、貴方を瞶《みつ》めているうちに、硝酸かなにかを、ぶちかけて、顔を滅茶滅茶にしてやりたい衝動にかられました。

いいえ、貴方を、ずっと憎みつづけて来たのではありません。貴方が北見にいらっしゃる日を、かぞえて待っていたわたくしには、なつかしさしかございませんでした。

それだのに、貴方が、十年前と同じ表情と口調をしていらっしゃるのを見たとたんに、わたくしは、かっと全身が熱くなったのでございます。

あさはかなわたくしは、貴方に騙され、すてられ乍《なが》らも、まだ、貴方がわたくしをお抱きになった時の表情と口調は、じぶんだけのもの、と思っていたのでございます。

貴方は、わたくしを、じぶんのものになさる時、いかにも面倒くさそうに、いやいや乍ら、こうするのだ、という態度をなさいました。そして、貴方は、わたくしを好きになってしまった自分が、やりきれない、という意味のことを仰言《おっしゃ》いました。わたくしは、その時、それが、男の照れかくし、と受けとり、そうした貴方が、可愛かったのでございます。

有名な流行作家となった貴方は、壇上にお立ちになると、あの時とそっくり同じに、さもこんな講演なんか面倒くさく、いやいや乍らしているのだ、といった様子でございます。それでいて、貴方のお話の内容は、聴衆を惹きつける巧妙なテクニックでみたされていました。

わたくしが貴方に騙されたように、聴衆も貴方に騙されていることを、わたくしは、はっきりと感じました。

それが、わたくしには、たまらなく、くやしゅうございました。わたくしは、貴方が騙したのは、わたくし一人であったように、いつの間にか、思い込んでいたようでございます。そして、そう思い込んでいたために、貴方を憎む気持がなかったのでございます。

貴方が有名におなりになればなるほど、この世の中で、あの人が騙したのはわたくし一人なのだ、と思い込み、それをさも大切な秘密のように胸にしまって、だれにも一言も打明けずに来た——そんな女心が、貴方には、おわかりになるでしょうか。

貴方は、もうお忘れになったかも知れません。貴方という男に、騙されていることに、わたくしが、気がついた日のことを。

それは、きわめてあっけない媾曳《あいびき》をした時でした。

わたくしが、いくども居留守をおつかいになった貴方を、とうとう電話口によび出して、御茶の水駅でお待ちした時のことです。

わたくしは、約束の時間よりも、三十分もはやく来てしまい、聖《ひじり》橋の上で、走り去る省線電車を、ずうっと見下ろして居りました。やっと、その時刻になったので、駅の入口とは反対側の歩道を、ゆっくりと、歩いて参りました。

貴方は、ちゃんと姿をあらわしておいでになりましたが、わたくしにわざと気がつかぬ様子で、わたくしと反対の歩道を近づいていらっしゃいました。

五米《メートル》ぐらいの距離に縮まって、わたくしは、いそいで、車道を横切って、貴方にむかって行きましたが、それでも、貴方は、何か考え考え、近づいて来るふりを装っていらっしゃいました。

わたくしが、眼前に立つと、やっと顔をお擡《もた》げになって、わたくしをごらんになりました。むっつりとして、ほんとに不機嫌な面持でした。

「おいそがしいでしょう。すみませんでした」

わたくしは貴方がいらして下すったよろこびの色を、顔いっぱいに湛《たた》えて居りました。

貴方はこの時、きっと、胸の中では、こう呟《つぶや》いていらしたのです。

——おれの、この不機嫌な顔つきに、この女は、なぜ気がつかないのだ！

貴方は、口のうちで、意味のない呟きに似た声音をお洩らしになると、そのまま、歩みを停めずに行手へむかわれました。

貴方は、次第に大股にお歩きになって、和服のわたくしがおくれまいと、いそぎ足になるのに、残酷な快感をおぼえていらしたのではないでしょうか。

わたくしは、ひとりで、おしゃべりをして居りました。

「……一時間は、お待ちしようと、決心していましたのよ。ほかの人は、待っている時間は、イライラして堪えられない、と言いますけど、わたくしは、ちがいますわ。この時間が、わたくしの平凡な人生で、いちばん生甲斐《いきがい》のある時だと思っていますもの」

貴方は、たぶん、この言葉をきくと、心の中で、ちぇっ、と舌打ちなさったに相違ありません。

貴方は、一月ほど前から、わたくしの一途な愛情を、やりきれない負担にお感じになりはじめていました。

貴方は、たった一度、わたくしのからだをお抱きになって居りました。それも、不能者の状態で、ほとんど絶望的におなりになり乍ら、じっと待っているわたくしに対してまでも憎悪をお覚えになり乍ら、ようやくのことに、目的をおとげになったのでした。

その後、貴方は、一度も、わたくしのからだをもとめようとなさいませんでした。わたくしは、貴方が、またその屈辱感をあじわうのに堪えられないのだ、と思って居りました。おろかにも、貴方が、わたくしを愛していないことには、まだ気がつかなかったのでございます。

貴方は、わたくしの献身が、やりきれなくなっていたのです。わたくしが、尽せばつくすほど、わずらわしくなっていたのです。

女が男を愛す姿は、そのいっときは、美しいものでございます。その姿が、あまりにあらわになると、男が、未知の女性に対して抱く神秘感は、消え失せてしまう。もうどんな仕打ちをしても、この女の心は、自分のものだ、とわかってしまうと、男は、うんざりしてしまう。その折、男は、自分のような冷酷な男をいのちがけで愛さなければならない女の哀しい性《さが》さえも、蔑《さげす》んでしまいます。

女の方も、男がもはや自分の中から神秘な何ものも引出さなくなって、興味をうしなったのだ、と本能的に察知すると、なんとなく平静な心をとりもどすものだ、という常識を、貴方は、お持ちではなかったのでしょうか。貴方は、女性というものを、その程度の割りきりかたしかできない人だったのです。

貴方の常識をもってすれば、わたくしという女は、それにあてはまりませんでした。

貴方は、わたくしを、こう解釈なさったのではないでしょうか。

――あの女は、おれの心を見ようとしないのだ。見たくないから見ようとしないのではない。そんな計算のできる女じゃないのだ。あの女は、かってに、ひとり相撲をとっているのだ。じぶんが、須藤三郎を知り、愛したのは、じぶんの身にさだまったぬきさしならない運命なのだ、と信じこみ、じぶんが未亡人になったのも、戦死した良人《おっと》が須藤の友人であったのも、そして、須藤が同人である『城南文学』の編集の手つだいを、じぶんがしたのも——すべて、須藤とめぐり会うための過程としか考えられない、と自身に言いきかせてしまっている女なのだ。たとえ、須藤に妻子があろうとも、そんな障碍《しょうがい》は、じぶんの愛情をすこしもさまたげず、かえって、須藤夫婦が幸せであることを祈るまでに、この愛情は、純粋に、浄化されている、と自身を騙し了《おお》せている女なのだ。

きっと、そうだったのです。貴方は、ご自分の常識の埒外《らちがい》にいるわたくしについて、そういうふうに、お考えにならずにはいられなかったのです。

「今日は、お顔の色がとてもいいので、安心しましたわ」

喫茶店に入ると、わたくしは、会った時から感じていたことを、口にしました。

貴方は、そんなことは、どうでもいい、といった冷淡な表情をなさいました。

「お仕事の方は、どうなんですの?」

「カストリ雑誌に、エロ小説ばかり書きなぐっていますよ。誰も、僕の才能をみとめちゃくれねえんだ。学生時代からの友人さえ、そっぽを向いてやがる。……僕は、後世に名をのこすことよりも、目下《もっか》建てている家を、完成したいんだな」

「ほんとに大変ですわ。おからだがわるいのに、そんなに無理をなさって……大丈夫でしょうか？」

わたくしが、貴方を愛している、とはっきり意識したのは、『城南文学』の合評会の時でした。

貴方は、しきりに苦しそうに咳をしていらっしゃいましたが、急に立って、廊下へお出になりました。わたくしが、心配して、そっと尾《つ》けますと、貴方は、トイレの洗面器にかぶさるようにして、血をお喀《は》きになりました。

あっとなって、わたくしが、そばへ寄りますと、貴方は、不快そうに、せなかを撫でさすろうとするわたくしの手をはらいのけて、うがいをなさると、さっさと、出てお行きになりました。

席におもどりになった貴方は、どうしたのか、急に多弁におなりになって、おとなしい劇作家のMさんを、完膚ないまでに、やっつけられました。その様子を見戍《みまも》っているうちに、わたくしは、貴方のために、どんなことでもしたい、という気持になったのでございました。

いいえ、その前から、わたくしは、貴方を、他の男性とは区別して、瞶めるようになって居りました。

貴方が、『城南文学』に、文芸時評をお書きになってから、間もなくのことでした。

恰度《ちょうど》わたくしひとりでいた編集室にふらっとおみえになった貴方は、めずらしく親しげな口をおききになりました。で、わたくしも、おしゃべりになって、その文芸時評の中に『寂寞に堪える』ということばがあったのに、なんだか、胸をしめつけられるような気がした、などと申上げました。

貴方は、わたくしの文学少女的な話題には、一切返辞をなさいませんでしたが、ふと、思いついたように、

「ご主人は、どこで戦死なさったのです?」

と、お訊ねになりました。

「済州島の沖でございました。関東軍が、急に、フィリピンへまわされることになって、仁川から船団を組んで出発いたしましたのですけど、八隻のうち三隻しか、むこうへ着かなかったらしゅうございます」

そう申しますと、貴方は、ちょっと、遠くを見る眼眸《まなざし》をなさいまして、

「ご主人は、たぶん、あっという間に、死なれたと思います。そうでなく、もし、海上を漂流しても、あまり苦痛はなかったのじゃないかな。……実は、僕も、バシー海峡で、数時間、泳いだのですが……僕の記憶にのこっているのは、夜光虫がすばらしく綺麗だったことと、麩《ふ》が……鯉にくれてやるあの麩のことですが、小山のように海上へ盛りあがった光景と、まあ、そんなものです。死ぬとか生きるとか——故郷のことも、妻子のことも、

なんにも考えませんでしたね。ただ、ぼんやり浮いていましたよ。ご主人も文学をおやりになっていたのなら、きっと、僕と同じ状態じゃなかったのかな。……そのうちに、ねむくなって、どこかへ流されて行ってしまう……」

そのお話が、どんなに、わたくしに、ふかい感銘を与えたか、貴方はご存じありません。わたくしはもとより、肉親たちは、岸本が、海原を、どんなにのたうちまわって、生きようとあせったか、と想像して、胸を疼《うず》かせていたのでございます。

良人が、なんにも思わずに、ぼんやりと浮いているうちに、ねむってしまった、という想定は、どんなに、わたくしにとって、救いになりましたでしょう。

わたくしは、その時から、貴方を、別の目で見るようになったのです。いまにして考えれば、貴方は、その時、いちばん、素直で正直な気持でいらっしゃったのです。もし、すこしでも、貴方が、わたくしに対して、欲情をわかせて、気のきいたポーズやせりふで、惹きつけようと、野心を起してらっしゃったのなら、わたくしは、貴方に、なんにも感じはいたしませんでした。

わたくしは、貴方から、最上のなぐさめのことばを頂いたお礼に、黙って、靴下とネクタイをお送りしました。

「どこかの女性が、靴下とネクタイを贈ってくれたんだが、見当もつかない」

と、仲間の人に仰言っているのを、そばでき乍ら、わたくしは、黙って居りました。

そのことがやがて判った時、貴方は、はっきりと、わたくしに関心をお持ちになりました。
わたくしにとっては、やがて、貴方に、抱かれて、接吻されるのは、自然のなりゆきでございました。

その頃、貴方は、世田谷深沢の、もとの体操学校の寄宿舎を改造したうすぎたないアパートで、自炊ぐらしをしていらっしゃいました。

わたくしは、女の嗅覚で、一週に一二度、貴方の許に泊りに来る女性がいることも知って居りました。

そのうちに、貴方は、その女性のことを、面倒くさそうに、わたくしに打明けて下さいました。

「今日、ちょっと寄りました。明後日、また来てみます。用がおありなら、お出かけになってもいいわ。どうでもいいの」

そんな紙片を、ドアにはさんで置く女なのだ、と仰言っていました。

わたくしが、アパートをおたずねしはじめるや、貴方は、せっせと食事や掃除や洗濯をするわたくしの愉しげな様子を眺め乍ら、ただの一度も、そんな親切をみせたことのない情人と比較していらっしゃるようでした。

わたくしは、あきらかに、その女性より、容貌は劣っていましたし、年上でした。でも、それをつぐなってあまりある程、時間を無駄にしない身ごなしは、貴方に魅力がありました。貞淑な主婦の、甲斐甲斐しい、そしてつつましい姿態は、他人の男の目に、どんなに好色的に映ることでしょう。のみならず、わたくしは、平気で泊って行くその女性とちがって、子供と口やかましい舅《しゅうと》の待つ家へ、急いで帰らなければならないのでした。

「あと十五分ありますから、そのレインコートをつくろう時間がございますわ」

と言い乍ら、いそいそと壁にさがったそれを手にとるわたくしを眺めて、貴方が、去らせたくないと苛立《いらだ》ったのは、当然のことでございます。

二度めの訪問も、三度めの時も、わたくしは、八時半きっかりに立ちあがりました。

その三度目に、貴方は、立ちあがったわたくしを、机の前から見上げて、急に、怕《こわ》い顔をなさいました。

わたくしが、コートをつけおわると、貴方は、のっそりと立って来て、

「貴女を……抱かせてくれませんか」

と、仰言いました。かわいた、老人めいた声音であったことをおぼえて居ります。

「ええ――」

わたくしは、頷きました。

貴方は、いきなり、おそろしく乱暴な抱きかたをなさいました。

わたくしは、目蓋《まぶた》をとじて、貴方に唇をあずけた瞬間、どうしたのか、遽《にわか》に、足もとが

おぼつかなくなるような転落感におそわれて居りました。

歓喜は、そのあとに、わきたったのでございます。

その時が、わたくしにとって、いちばん幸せでした。


喫茶店に入って、まだ五分も経たないのに、もう貴方は、おちつかない様子をおみせになりました。

わたくしが、貴方ほどの才能を、どうして文壇がみとめないのか、くやしくて、腹が立ってしかたがない、と申しているのを、貴方は、わずらわしげにおききになり乍ら、返辞もなさいませんでした。それでいて、ふいに、

「僕は、アパートの狭い一室で、女房や子供と一緒に里芋みたいにくっつきあってまで、純文学をやるのに堪えられない男なんだ。……カストリ小説を書きまくっても、自分の書斎に坐っていたいんだ」

と、仰言ったりしました。

わたくしは、大急ぎで、相槌《あいづち》をうって、

「そうですわ。貴方は、そういう方ですわ。……貴方の孤独のきびしさを、本当にわかるのは、だれもいないのですわ。わたくしも、とても、ついて行けませんもの。……貴方は、

いつも、わたくしから、ずっとはなれたところで、たった一人で、あらゆるものを、虚無の目で、眺めていらっしゃるんです」

と、言いました。

すると、貴方は、たちまち、不快そうに、眉宇をひそめて、

「そういう話は止《よ》そうじゃないですか。……なにか、用ですか？」

と、つっけんどんに仰言いました。

わたくしは、いそいで、ハンドバッグから、ライターをとり出して、そっと、貴方の前に置きました。

「おととい、銀座へ出ました時、ふと思い出して、買っておきましたの。貴方のお誕生日だったものですから……」

貴方は、ちらと、わたくしをぬすみ見るようにしてから、無言で、ライターを把《と》りあげて、パチパチと火をつけたり消したりなさいました。それから、

「僕は、貴女から、何か貰ってばかりいるな」

と、仰言いました。

その言葉は、上機嫌な証拠でした。

「いやですわ、そんなこと、気になすっちゃ――」

「いや、気にしているわけじゃないんだが、貴女が、僕に会うたびに、何か呉れようと考

えているのは、気の毒ですからね」

「気の毒だなんて……そんなことお思いになるのは、須藤さんらしくなくて、変ですわ。黙ってお受けとりになって頂ければ、それでわたくし、うれしいんですの。なまじお礼を仰言ったり、恐縮なさっては、わたくしの方で困りますわ」

「そうかなあ――」

貴方は、はじめて、微笑なさいました。

わたくしは、その微笑が、大変いやしいものであるのにすこしも気がつかずに、勢いを得て、

「そうですとも！　わたくし、貴方に感謝されたい、と思って贈りものをするんじゃありませんのよ。贈りものをしなけりゃ、わたくしの心が、すまなくなって、するんですもの」

と、上半身をのり出して、早口に、申しました。

貴方は、とたんに、首をまわして、すぐかたわらのテーブルをかこんでいる学生たちの方を、ごらんになりました。

貴方は、女のまごころを素直に受けるかわりに、わたくしの声の高すぎるのに、辟易《へきえき》なさったのです。

わたくしは、かまわずに、たてつづけに、おしゃべりをつづけました。学生たちに何を

きかれても、それがなんでしたでしょう。千人に、一万人に、きかれても、わたくしは、平気でした。

突然——、貴方は、ぬっと立って、カウンターの方へお歩きになりました。

わたくしは、大急ぎで、あとにしたがいました。

そうです、貴方は、もう、わたくしに対して、嫌悪というよりも、憎悪に近いものを、お持ちになっていらっしゃいました。

わたくしは、それでも、そばをはなれることはできませんでした。いえ、この陰鬱な男性により添うことのできるのは、じぶん以外にはいないのだ、と思いきめて居りました。

神保町の交差点まで降りた時でした。

わたくしは、むこうから渡って来る女学校の同窓生を見つけました。

対手《あいて》も、すぐにさとって、にこにこし乍ら、近づいて来ました。

佐川美代さんでした。女学校の頃から、とびぬけた美貌で、担任の若い教師を自殺にまで追い込んだひとでした。

数年ぶりに出会ってみると、その美貌は、ますますみがきがかけられ、スタイルもすばらしく、どんな遠くからでも、目立ちました。

「まあ、しばらく——」

「お元気？」

なつかしそうに、手をとり合うわたくしたちを、貴方は、横目でぬすみ見乍ら、行き過ぎていらっしゃいました。美代さんとくらべて、なんとまあ、わたくしの貌がみすぼらしいことか、とお感じになったに相違ありません。

わたしたちから、すこしずつ遠のき乍ら、貴方は、こう想像なさったのではないでしょうか。

――おれの対手が、あの美しい女性の方であったらなあ？

わたくしにとって、ほんとに、運のわるいめぐりあいでございました。

小走りに追いついたわたくしが、すなおに、

「とても美しいひとでしょう」

と申しますと、貴方は、冷淡に、

「悪女はこんなに美しいものだ、と誇っているようで、いやだな」

と、仰言いました。

「わたくしの女学校の時の親友でしたの。学校時代から綺麗で評判でしたのよ。卒業してすぐ結婚なさったのに、良人の方が、一年めにはもう戦死なさって……それからが、噂では大変でしたわ」

婚家をとび出して、そのまま一人アパート住いをはじめたが、あのような美貌を、まわりの男たちがすてて置くわけがなく、その運がよい方へ回転すればよかったのだが、ご多

分にもれず、いちばん悪辣な種類の男につかまってしまい……いまは、たしか、銀座の豪華なキャバレーを経営している中国人の愛人になっている、とか。

「でも、やっぱり、美しいひとは幸せですわ。ちっとも暗い翳《かげ》なんぞなくって――」

わたくしは、そう言って、口をつぐみました。

この時、貴方が、わたくしの方が、美代さんよりも、はるかにすばらしい女性だ、という意味のことばを、口にして下されば、わたくしは、どんなに幸福な思いをいたしましたことでしょう。お世辞でもよかったのです。にせのやさしさでよろしかったのです。女には、それが必要なのでした。

貴方は、依然として、むっつりした顔つきをなさり、交差点を渡ると、

「それじゃ、今日は、これから、僕は、ちょっと、会があるので――」

と、すぐ嘘だと見抜けるような弁解をし乍ら、一歩身を引く姿勢をおとりになりました。

「あの……お忙しいでしょうけど、近いうちに、いちど、貴方のところへうかがわせて頂けませんかしら」

つきはなされる絶望を、もうかくすことができずに、わたくしは、ねがいました。

「そのうちに……じゃ――」

貴方は、あいまいに口のうちでにごすと、くるっと踵《きびす》をかえして、どんどん歩いてお行きになりました。

二百米も、かなりの速度で遠ざかった貴方は、ひょいと、ふりむいて、わたくしが、まだそこに、彳《たたず》んで、見送っているのをみるや、ぎょっとなったように、あわてて、足をはやめてお行きになりました。

須藤三郎様。

貴方が、それから、どんな残酷な方法で、わたくしを騙して、踏台にし、そのおかげで、文学賞を受け、流行作家の道を歩いてお行きになったか、それは、申上げますまい。ただ、わたくしが、貴方を愛したあまり、なにもかも盲目になっていた、とお思いになっているのでしたら、それは、とんでもないまちがいでございます。

わたくしは、たしかに、貴方が、文学賞をお受けになるまで、愛して居りました。貴方のいない世界は、考えられませんでした。貴方なくては、わたくしの人生はありませんでした。

貴方が、文学賞をお受けになって、華やかな祝賀パーティが催され、はれやかな笑顔をおつくりになっているのを、遠くから眺めた時、わたくしは、わたくしの役目のおわったのを感じました。

恰度、子供も、急病で逝ってしまって居りました。

わたくしは、東京を去る決心がつきました。

そして……十年の月日が、流れたのです。

貴方の講演がおわると、わたくしは、次の講師のお話はきかずに、おもてへ出ました。

貴方は、旅館へおかえりになるために、地元の主催者たちと、姿をあらわされました。

車に乗ろうとなさると、高校生たちが数人、かけよって、サインをもとめました。

貴方は、気軽に、ご自分の万年筆で、サインをなさいましたが、その横顔が、会場から流れ出る灯に照らされて、意外に、美しいのを、わたくしは、みとめました。

そうです、講演直後の、まだその昂奮のさめやらぬ、気負った上気した表情は、いかにも芸術家らしく、美しいものでございました。

高校生たちにとっては、遠く高いところにいるすばらしい人物でございました。

わたくしは、その横顔を瞶《みつ》め乍ら、なおまだ、じぶんが、このおそろしい悪魔を愛していることを、感じました。

……翌日、貴方は、北見をお去りになりました。もう永久に、北見などにおいでになることはありますまい。

わたくしは、いま、この手紙を、焼鳥屋の屋根裏部屋で、したためて居ります。

誤解なさいますな。

この手紙を、遺書にするのではないか、などと。

とんでもない。わたくしは、生きて参ります。貴方がお亡くなりになったあと、幾年も生きつづけます。これは、たしかなことでございます。

では、どうぞ、この後も、華やかな流行作家のおくらしをおつづけなさいますように……。

（『別冊文藝春秋』第七十七号、一九六一年九月）

落花

須藤三郎が、森田利江の死を報《し》らされたのは、仕事場にしている六本木のホテルへ、伊豆の旅から、まっすぐにやって来た夜であった。

須藤三郎は、週刊誌小説を引きうけすぎていて、月のうち、二十日以上は、そのホテルにとじこもっていたが、そこでも、書けなくなると、誰にも知らさずに、ふらっと、二三日の旅へ出るくせがついていた。まるで、放浪者の生活であった。時おり、わが家へ帰って、妻や子供の顔を珍しいものでも眺めるように眺める、といったあんばいであった。家族たちもまた、いつの間にか、食堂にあらわれて、主人の椅子についている須藤を、けげんそうに眺めていた。

フロント・マネージャーが、部屋の鍵を置いてある棚から、メモをとって、

「ご連絡がたくさんございました」

と、さし出すのを、須藤は、疲れた面持で、受けとって、そのまま、上衣のポケットへつっ込むと、部屋に入った。

ベッドへ、どたっと仰臥《ぎようが》した須藤は、なんとなく、

「かんら、からから……あわや、落花狼藉《ろうぜき》」

と、呟いた。

一日に一度か二度、この文句を呟く癖がついていた。

いつか、座談会で、ある文芸評論家が、

「僕が色気づいたのは、十二の時だったな。講談本を読んでいたら、若い美しい娘が、雲助に犯されようとしている光景を、あわや落花狼藉、と形容しているんだな。なんとなく、子供ごころにも、その光景が判ったね」

と言っていたのを、おぼえていて、なんとはない空虚な時間に、ふと、

「あわや、落花狼藉」

と、呟くようになってしまったのである。

そのうちに、そのあたまへ、

「かんら、からから」

と、くっつけるようになっていた。

これは、講談本の豪傑が、高笑いする形容である。

「かんら、からから……あわや、落花狼藉」

こんな文句が、妙に新鮮に感じられるのは、神経が病的になっている証拠だ、と思いつつ、須藤は、ひょいひょいと、口にしていた。

三日あまりの旅で、仕事はギリギリにおしつまっていた。体のすみずみまで、重い黒い、重油のようにどろどろした液体がつまっているような不快な疲労感があった。

ふと、気がついて、椅子へ抛《ほう》り出してある上衣を引きよせて、ポケットから、メモをとり出してみた。

雑誌社と、映画会社と、テレビ会社からそれぞれ急ぎの用件が記されていた。そして、さいごに、

「森田利江さんが、亡くなりました——戸森」

と一行あった。

須藤は、その一行を、しばらく、瞶《みつ》めていた。

ホテルの電話交換手が書いたらしい、くせのない文字であった。それが、いかにも、冷たいものに感じられた。

——死んだ！

「死んだ」

――とうとう、死んだ！

「とうとう死んだ」

胸のうちで、いちど、呟いてみて、それから、須藤は、それを口にした。

ベッドから起き上った須藤は、いったん、上衣をつけた。

これからすぐ、利江の家へ行かねばならぬ、と思ったからである。しかし、利江が死んでしまった家へ、のこのこ行ってみてもはじまらないと思いかえして、また上衣をぬいだ。

「かんら、からから……あわや、落花狼藉、か」

その文句を口にしてみた。とたんに、なんともいえない自己嫌悪がおそって来て、須藤は、いそいで、手洗い所へ入ると、げえっげえっと、嘔吐しはじめた。

自己嫌悪が起ると、それは、惨めな生理作用になって、須藤は、しばしば、嘔吐するようになっていたのである。

洗面器に、両手をつっぱって、乳色の粘液を吐きつづけ乍《なが》ら、このみっともない恰好に、さらに、須藤は、嫌悪をおぼえていた。

須藤三郎が、森田利江にはじめて出会ったのは、新宿の歌舞伎町にある小さな映画館の事務所であった。

大学時代の友人戸森が、あらたに、その小屋を経営することになったという報らせを受けて、須藤は、散歩のついでに立寄ってみたのであった。

友人は近所へ外出中で、事務所の来客のソファには、女が一人、ぽつんと腰かけていた。須藤は、その横顔に、見おぼえがあるような気がしたが、記憶を辿《たど》る興味もなく、友人の回転椅子に就いて、ぼんやり、壁のポスターへ、視線を送っていた。

女は、ずうっと黙りこんでいた。

数分してから、戸森が、すっかり肥満した姿をあらわして、

「ふとると、やたらに、暑いな」

と、言い乍ら、電気冷蔵庫をあけて、氷を出そうとしたが、容器が凍結していて、氷室から容易にはがれなかった。

「わたくしが、いたします」

女が立って、戸森に代ったが、そのスタイルが、あっと目を瞠《みは》るほど、美しかったのを、須藤は、おぼえている。

その容貌は、かなり扁平で、須藤のきらいな部類に属していた。切長な一重まぶたの眸子《ひとみ》も好まなかったし、鼻や唇の肉の厚いのも女らしい魅力を殺《そ》いでいるようであった。

しかし、立って、氷をとり出している肢体は、みごとに均斉がとれて、むだな肉など、すこしもついていなかった。

戸森から紹介されて、彼女が、三年ばかり前まで、東洋映画に出ていたことを、知った。いくどか、須藤も、スクリーンで、彼女を看ていたのである。

「利ちゃん、須藤を利用しろよ。テレビの仕事ぐらい、かんたんに見つけてくれるぞ」

戸森は、すすめた。

利江は、ちょっとはにかんだような微笑を泛《うか》べて、

「もう、わたくしなんか……」

と、かぶりをふった。その目じりに、ふかい皺が数本刻まれるのを眺めて、須藤は、女優の末路のあわれさを感じた。

「利ちゃんは、むかしから、自分から何かしたい、と積極的に出たことがないじゃないか。それで損ばかりしているんだ。仕事にも、男にも――」

「いいんです、もう……。自分のことは、あきらめています」

利江が、立ち上ると、須藤は、

「おれも失敬しよう」

と言って、一緒におもてへ出た。

なんとなく、肩をならべて、街を歩き出した時、利江は、

「先生のお作品の中に、いつも、男につくすだけつくして、そっと死んで行く女性が出て参りますでしょう」

かな」

と、言った。

「男の願望ですよ。いまの時代に、あんな女はいやしない」

「でも、女の心の中には、いつでも、そんな気持がありますわ」

「貴女が、人一倍持っているからでしょう。戸森が、損をしている、と言ったのは、それ

「いいえ、わたくしはただ、することなすことが、間抜けていて、失敗ばかりしているものですから……。一生懸命になればなるほど、だめなんです」

そう言う利江を、須藤は、見やって、

「自分で自分を、生れて来て損をした、と思わないかぎり、まあ、希望を持つんですな」

と、言った。

「有難うございます」

利江は、ていねいに、頭を下げて、別れて行った。

須藤が、二度めに、利江に会ったのは、銀座裏の二流酒場であった。

半年ばかり過ぎていて、クリスマス・イヴであった。

その酒場は、須藤と同郷の女性が、やっていた。

ふらっと、入って行くと、もの凄い呶声《どせい》が、いきなり、顔を打った。

酔った中年の、痩せこけた男が、何か気にくわないことがあったのか、カウンターごしに、バーテンの胸ぐらをつかんでいた。

須藤は、すぐに、踵《きびす》をまわして、外へ出ようとしたが、その時、ふと、必死になって、とめようとしている連れの女性の横顔に、気がついた。

利江であった。

泣きそうな、みにくい表情であった。必死になっているので、じぶんが、どんなにみにくい表情になっているか、顧慮していられない様子であった。

須藤は、つかつかと近よって、男の外套の肩を摑んで、カウンターからひき落した。

「なにをしやがる！」

しがみついて来ようとするやつへ、いきなり、往復ビンタをくらわして、

「出ろ！」

と、睨みつけた。

須藤は、兵隊に行ったおかげで、機先を制す呼吸を心得ていた。あまり人相のよくないのも、こういう場合、役に立った。

男は、急に、泥酔のふりをしめして、からだをぐらぐら揺れさせたが、支えようとする利江をふりはなして、おもてへ出て行ってしまった。

利江は、ちょっと逡巡《ためら》っていたが、追うのをあきらめて、バーテンや女給たちに、卑屈なくらいひくい物腰で、詫びた。

須藤が、奥の席に就くと、利江は、そこへ来てまで、あやまった。

須藤は、利江もかなり飲んでいるのを感じた。

「今夜の貴女は、失礼だが、苦労をしつくしたという顔つきをしているな」

須藤は、冷酷なことを言った。

「先生に、みんな話してしまおうかしら」

利江は、目を据えて、呟くように言った。

「きいたってはじまらない。……貴女の方が、喋って気が楽になるのなら、別だが――」

「だれにも、話さないんです。話せないから、皺がふえて、幽霊みたいになって来て、それで、ますます、男からきらわれるんです」

「飲みなさい。送って行ってあげる」

利江は、その酒場で、ハイボールを四五杯飲んだ。

しかし、笑い声が多くなっただけで、それほど、とり乱さなかった。

ハイヤーを呼んで、乗りこんだ時、利江は、がくんと頭をうしろに倒して、

「知ってますよ、先生」

と、言った。

「何を知っているんだ？」

「先月、熱海で、先生が、森華代さんと、旅館から出て来るところを見ちゃった」

森華代は、テレビのよろめきドラマで、一躍人気が出た女優であった。結婚して、一方的にすてられた同情もあつまっていて、二号役をやらせると、その色気は無類であった。

「おぼえがないね」

須藤は、森華代とは親しかったが、そんな間柄ではなかった。

「しらばくれてる」

利江は、ごろんごろんと、かぶりをふった。

「しらばくれるものか。しらばくれなければならぬほど、品行方正じゃない」

「知ってます！」

シラブルをきって、語尾をはねあげる言いかたをして、利江は、じいっと、須藤の横顔を瞶《みつ》めた。

「先生は、女に惚れたことなんか、ないのよ」

「ありますよ、たくさん――」

「嘘！」

利江は、須藤の腕をつかまえると、顔をすり寄せて、

「嘘つき！　バカ！」

と、言った。

「貴女の家は、どこだ？」

「下落合。送って下さるの。うれしいな」

利江は、須藤の肩にもたれて、

「何か、唄いましょうか」

と、言った。

「唄いたまえ」

「風がにくい、って唄、ご存じ？」

「知らない」

利江は、唄いはじめた。男のつめたさをうらむ歌であった。女優らしく、巧みであったし、酔いですこししゃがれているのも、哀調があった。

須藤は、これとそっくり同じ状態が、幾年か前のクリスマス・イヴにあったような気がした。

利江の家は、須藤が想像していたのよりも、ずっとみすぼらしかった。

そして、なかに入ってみると、調度品らしいものは、何ひとつなかった。

通された部屋には、瀬戸火鉢がひとつ、まん中に、置いてあるだけであった。

「先生、わたくし、ふとんを敷いて、もう寝ます。疲れはてた寝顔を見てから、帰ってね」

「ああ——」

須藤は、うなずいた。

利江は、面倒くさそうな仕草で、夜具を延べたが、寝ようとはせず、火鉢をへだてて坐ると、畳へ両手をついて、

「ごめんなさい」

と、頭を下げた。

「あやまらんでもいいよ」

「いいえ——」

「あやまってばかりいるのじゃないか、貴女は……」

「あやまっているほうが、気楽ですもの」

利江は、帯のあいだへ、両手をさし入れて、胴をくねらせると、

「ああ、くるしい」

と、呟いた。

「帯を解きなさい。……寝ると言ったぜ。ねまきにきかえて、寝るまで、見とどけてあげ

よう」

「きものをぬぐのは、いや！　長襦袢が、きたないんです」

その言葉をきいたとたんに、どうしたのか、ふいに、須藤は、烈しい欲情をおぼえた。手洗いに立って、もどって来た須藤は、うしろから、利江を抱いた。

利江は、じっとしていた。

「男は、必ず、こういうふうに、ただでは帰らなくなるよ」

と、須藤が、ささやくと、利江は、黙ってかぶりをふった。

須藤は、えりもとから片手をすべり込ませて、乳房をさぐった。

平べたい、肉のうすい、つめたい乳房であった。

「……先生までが、わたしを、からかっている。……ただ、からかっているだけ……」

利江は、独語のように言って、前をさぐって来ようとする須藤の一方の手を、おさえた。

もうどうにもならない、といった意味のことを、須藤は、ささやいた。そして、強い力で、裾を擱んで、捲《はぐ》った。

「いや！　いや、いや！」

急に、利江は、烈しい抵抗をしめして、須藤の手を、膝と膝で、ぎゅっとはさんで、締めつけた。

しかし、それは、束の間であった。

須藤の指は、内腿《うちもも》を匐《は》って、そこへふれた。

「先生、これは、ひどいことなのよ。ほんとにひどいことなのよ。……先生に、もし、妹さんか、お嬢さんがいて、どこかの男に、こんなことをされたら、どうなさるの？……え、どうなさるの？　これは、ひどいことなのよ！」

利江は、そう叫ぶと、身もだえて、火鉢の上へ俯伏《うつぶ》しかかった。

須藤は、指一本だけを濡らしただけで、手を引いた。

須藤が、三度めに、利江に会ったのは、年が明けて間もなくであった。

ホテルへ、電話がかかって来て、お目にかかりたい、というので、須藤は、銀座のとある喫茶店を指定した。

先に来て待っていた利江は、入って行く須藤に、うれしそうに立ち上ってみせた。

その濃いメークアップが、須藤に、微かな嫌悪をおぼえさせた。

三十をいくつかこえている年齢では、もうそんな当節流行の化粧など、むりであった。

「おめでとうございます」

ていねいに挨拶してから、利江は、

「今年は、きっと、わたくしには、いい年ですわ」

「そういう気持になるのは、いいな」

「予感があたるんです、わたくし――」

「こっちは、あい変りませずだ」

「可哀そうね、先生。わたくし、新聞広告見ては、あ、また出ている、と思うんです。雑誌の広告なんて、いままで、見たこともなかったのに――」

「愛人みたいなことを言いなさんな」

「あ、ごめんなさい」

「何か、用事があるの？」

訊ねると、利江は、ハンドバッグから、指輪をひとつ、とり出して、卓上へ置いた。翡《ひ》翠《すい》であった。

「これ――先生に、買って頂けたら、と思って」

須藤は、把《と》りあげてみた。あまり良い品ではなかった。

「思い出があるのなら、売らんほうがいい」

「ねうちがないんでしょうか？」

「僕は、鑑定の自信はないよ。……金が要るのなら、こっちが後悔しないだけの額を、あげるよ」

「そんな……」

利江は、かぶりをふった。

「先生から、お金をいただく理由がありません」

須藤は、笑い乍ら、右手の中指を、利江の鼻さきへ、つきつけた。

「この指が、おぼえている」

「いやな先生！」

利江は、羞恥の身ぶりをしめした。

それから、指輪をつまみあげて、

「ほんとに、ねうちがないんでしょうか」

と、吐息した。

「ないね。……いくら、要るんだ？」

「いいんです。あきらめます」

この時、須藤は、この指輪を売ろうというのは、口実で、この女は、自分に会いたくなったのではないか、と思った。

須藤は、おもてへ出ると、タクシーを停めて、黙って、利江を乗せると、横浜へ行ってくれ、と命じた。

海に面したホテルで、須藤は、利江を抱いた。翌朝、利江がさきに帰る際、須藤は、五万円、そのハンドバッグに入れてやったのである。

情事は、ただ一度であったし、金をくれたのも、その時だけだった。

四度めに会ったのは、あるシャンソン歌手のリサイタルに招かれて行った時、廊下においてであったが、須藤にも連れがあったし、利江にも連れがあって、殆《ほとん》ど言葉も交さなかった。

「やっぱり、行くべきだ」

須藤は、上衣をはおると、急いで、フロントへ出て、ホテル専用の車に乗った。

下落合のその家の格子戸に、忌中の貼紙を見て、須藤の胸が、急に、締めつけられた。

案内を乞うと、すぐに、学生服をつけた青年が、出て来た。利江と、どこか面差が似ていた。

部屋に入ると、四五人坐っていて、一斉に、須藤を見た。

須藤は、その視線が眩しく、まるで罪でも犯した者が謝罪に来たような気がした。

利江は、昨夜おそく、ガス自殺をしていた。遺書はあったが、自殺する理由は何も書いていなかった。

そういえば、須藤は、利江の生活について、何ひとつ知ってはいなかった。

利江から、具体的に、その不幸について、なにもきいてはいなかったのである。

合掌し、焼香した須藤は、黒いリボンの中で、笑っている利江の遺影へ、目をあて乍ら、

——僕は、いったい、貴女の、なんだったのだろう?

と、問うた。

――ただ行きずりの男にすぎなかったのか？

――なぜ、貴女は、横浜のホテルのあと、僕に、会いに来なかったのだろう？

判らなかった。

利江は、ただ、にっこり笑っているばかりであった。

須藤は、香典を供えておいて、もとの座に下ると、黙って、一同へ黙礼しておいて、立とうとした。

すると、学生服の青年が、

「どうして、姉の死顔を見て頂けないのですか？」

と、言った。咎《とが》めるような鋭い口調であった。

須藤は、思わず、どきっとなって、青年を見かえした。

「拝見しましょう」

「見たくないのでしたら、ごらんにならなくてもいいのです」

「いや、拝見します」

須藤は、霊壇のわきに立ち、青年が、棺の蓋を持ち上げるや、そっと、覗き込んだ。

利江は、春の花の中に、蠟のように冷たく、青い貌《かお》を仰向けていた。

電燈のあかりがそそぎ入って、つむった目蓋《まぶた》の、長く反った睫毛の影が、そのすべすべした頬に落ちているのが、須藤の目にのこった。

　須藤は、頭を下げると、あとへ退いた。

　玄関で靴をはいていると、頭上から、また、青年の声音がかかった。

「須藤さんに、おうかがいしたいんですが——」

　須藤は、ふりかえって、青年を仰いだ。

「なんですか？」

「須藤さんは、姉にずうっと、毎月お金を下さっていたそうですが、乞食にでもくれてやるつもりで、下さっていたのですか？」

「姉さんが、君に、そう言っていたのですか？」

「僕の学資を、貴方が出してくれている、と言ってましたよ」

　須藤は、「おぼえがない」とこたえようとして、それは死者を裏切ることになるのに、気がついた。

　青年は、にくにくしげに、須藤をにらんで、

「姉の言うことを信じれば、貴方は、姉と肉体関係なしに、金を下さっていたんだそうですね。それが、どんな残酷な行為であったか、作家の貴方に、気がつかない筈はないんだ。……貴方は、一人ぐらいそういう女がいてもいいと考えて——つまり、貴方の作家生活をにぎやかにするために、姉を、一種の犠牲者にしたんですよ。僕は、そうとしか考えられ

ないんだ。それでなければ、どうして、ほかに、姉が、自殺する原因があるんです?」

須藤は、黙って、外へ出て、格子戸を閉めた。

「流行作家の、人殺しめ!」

罵声が、格子戸をつらぬいて、須藤のせなかを搏《う》った。

須藤は、おもて通りへ出て、タクシーをひろうと、このなんともやりきれぬ憂鬱を、どうやって、まぎらわそうか、と思った。

「かんら、からから……あわや落花狼藉」

と、声に出して呟いてみたが、むなしいばかりであった。

(『別冊文藝春秋』第七十八号、一九六一年十二月)

先生と女と自分

その朝、玄関の戸が破れるほど叩《たた》かれた。枕元の腕時計をみると、六時であった。

その頃、私は、六時半には起きなければならなかった。小学校四年生の娘と二人きりの貧乏ぐらしで、娘がすこし遠いところにあるミッション・スクールにかよっているので、六時半には起きてやらなければならなかった。

私は、玄関へ出て、「誰だ?」と、訊ねた。

「おれだよ」

S・Sの声であった。学生時代からつきあいがあった。出版社や新聞社を転々して、この頃は、S新聞が出している月刊誌の編集をやっていた。

麻雀きちがいなので、徹宵《てっしょう》して、一文なしになって、やって来たものと思い、

「金はないぞ」

私は、叫んだ。

「ちがう！　原民喜が、死んだんだ。自殺だ」

「えっ？」

私は、愕然《がくぜん》となって、あわてて、玄関の扉を開けた。

「本当か？」

「うん――」

Sは、ぼさぼさの頭をかき乍《なが》ら、「ねむい」と言って、上《あが》り框《がまち》へ腰を下ろし、あくびをした。

「荻窪の……、中央線へとび込んだ。ちょくちょく、投身する場所なんだ。警察の野郎、検屍がすむまで、誰かそばへ立っていろ、と言やがるんで、交替することにしたんだ。いま、Yが立っている。一緒に来てくれよ」

私は、娘を起していそいでお下げをむすんでやっておいて、出かけることにした。

明けかけた、人影のない通りを、駅へ向かって歩き乍ら、

「思いきったことをしたものだな」

「遠くへ行って、人知れず死ぬつもりだったらしいが、それも面倒くさくなって、線路へ――とび込んだのじゃなくて、じっと仰臥《ぎょうが》して、電車が来るのを待っていたらしい。ちょっと、われわれにはできない芸当だよ」

「それじゃ、一年も前から、自殺を考えていたのだろう」

原民喜は、私たちとともに、戦後「三田文学」の復刊に努力した同人の一人であった。私は、戦前から知っていた。寡黙な人であった。長いつきあいのあいだに、私は、彼と、ものの十分も、会話を交したことがなかった。

戦争中に、妻を喪《うしな》って、完全な孤独になっていたが、誰かがそばにいて世話をしなければ生きられぬような人が、戦後の滅茶滅茶な時代を、よくすごしていられるものだ、と私は訝《いぶか》っていた。

電車に乗って、荻窪へ向かい乍ら、私とSは、別の話をした。

原民喜が自殺してみると、彼がよく今日まで生きて来たものだ、という実感がわいて、お互いに、彼のことを話すのが、いやだったのである。

現場に行ってみると、まだ、遺骸は、むしろをかけられたまま、そこに横たわっていた。すこしはなれた場所に、Yが立っていて、

「いつまで待たせるんだろうな」

と、首を振った。

私は、むしろの端からのぞいている頭髪を、薄気味わるいものに見た。五十を越えてい乍ら、白髪は一本もなく、漆黒《しっこく》であった。それが、かえって、薄気味わるかった。

私たちは、遺骸を、直接火葬場へはこぶ相談をした。

そして、ようやく、そうしたのは、午前十一時すぎであった。

私は、骨になるのを待たずに、帰宅した。夕刻までねむろうと思って、牀《とこ》に就いたが、目が冴《さ》えていた。遺骸を棺に納めて、火葬場へはこび、葬儀車から降ろそうとした時、棺から、血潮が地面にしたたった。その血潮の色が、目蓋《まぶた》の裏にのこっていたのである。

私は、ねむるのを止《や》めて、雨戸を開けると、犬を呼んだ。

犬は、両脚を縁側へかけて、尻尾をちぎれるほど、振った。

「生きていやがるな、お前――」

頭をなでてやった時、玄関に、訪れる声がした。

末永松子が、必ずやって来る、という予感はあった。

「上りたまえ」

私は、座敷から、こたえた。

末永松子は、かなり派手な模様のお召をつけていた。

畳に吸いつくような特徴のある坐りかたをすると、

「自殺なんて、死んだら負けなのに、原さんは、どうしたのでしょう」

と、言った。

末永松子は、「三田文学」の編集を手つだっている女性であった。大学で私より一年上の末永太郎と結婚し、未亡人になってから、「三田文学」の復刊とともに、姿を現わした。

私は、原民喜が、いつとなく、末永松子を愛するようになっていたのを、知っていた。

原民喜は、一時期「三田文学」の発行所である神田のN書林の建物の中に、一室を借りてくらしていた。したがって、末永松子とは、毎日顔を合せることになった。

世話好きの末永松子は、原民喜のシャツやサルマタまで洗ってやっていたようである。

原民喜が、いつの間にか、末永松子を、伴侶《はんりょ》として考えるようになったのは、当然である。

「原さんが、自分には十万円あるから、結婚できる、と言って、わたしを、じーっ、と食い入るように見つめるんです」

末永松子から、そんな話をきかされたのは半年ばかり前であった。

「君は、いま、どこから来たんだ？」

私は、訊ねた。

「原さんの荻窪の下宿からです。整理してあげたのですわ」

「遺書を、誰だれに書いていた？」

末永松子は、数人の名を挙げた。

「君には、なかったのか？」

「ありませんでした。あんなに、お世話をしてあげたのに、どうしたのでしょう」

私は、冷たく笑った。

「自分を振った女に、遺書など書く奴があるものか」

「…………」

「原民喜は、君に、結婚を申し込んだのだろう?」

「ええ――」

「君は、はっきりと断わったのだろう」

「あたりまえですわ。わたしが、どうして、原さんの申し込みなんか……」

「原民喜を殺したのは、君だな」

「とんでもない!」

「君が、申し込みを承諾していれば、原民喜は、死んでいないぜ。……自殺の真相というやつは、本人自身が、胸の中へかくして、あの世へ持って行ってしまうものだ。周囲の奴らには、判りゃしない」

『夏の花』という原爆小説を書いて、名をあげた原民喜は、おそらく、批評家たちから、その死を原爆とむすびつけられて、哀悼《あいとう》されるに相違ない。

しかし、その自殺は、もっと現実的なものであったのではないか。

ここにいる末永松子という、いささか狐面をした、親切で、おしゃべりで、かなりエキセントリックな性格の未亡人に、失恋したために、生きているのがイヤになった。それだけのことではないのか。

「わたしが、殺した、なんて、ひどいですわ。わたしは、ただ、あんな人ですから、見るに見かねて、お世話をしてあげただけなのに……、結婚の申し込みをことわられたからといって、自殺されては、迷惑ですわ」

「迷惑か——成程、迷惑だという考えかたも、女性にはあるのか」

「ええ、迷惑ですもの！」

末永松子は、力をこめて、言った。

それから、私の坐っている牀へ、いざり寄って来ると、

「いやですわ、こんな話！」

と、口走り乍ら、掛具の上へ俯伏《うつぶ》した。

——この女は、おれに抱かれたくなって、やって来たのか。

自分に失恋して自殺した男の部屋を整理してやっているうちに、そういう気持を起したに相違ない。

私は、俯伏した肢体を見下ろし乍ら、女の強さを感じた。


男が、執念のように女から、幾年にもわたって、愛情を注がれつづけられる、ということは、第三者の目には、わるいことではないように、映る。

私と末永松子の、二人きりの、隠微な関係は、すでに数年つづいていた。

全く一方的に傾斜して来る末永松子を、ひどく面倒がり乍ら、支えてやっている、とい

う関係であった。時折り、いい加減うんざりして、突き倒してやりたくなることがあったが、末永松子は、突き倒されても、すぐに起き上って、前と同じように、身を傾けて来る異常な強さを持っているようであった。

事実、私は、その数年のあいだに、いくつかの恋愛に似た情事を行なっていた。その情事の最中には、当然のことだが、末永松子は、全くわずらわしい存在であった。しかし、情事の対手《あいて》は、半年か一年で、私の前から、姿を消して行き、のこったのは、末永松子だけであった。いまでは、末永松子は、私が死ぬまで、くっついているように思われる。

そして、そういう宿縁めいた、一種の因果関係をおぼえるようになったのは、末永松子を必要とする男が、私の身近なところから現われたせいでもあった。

原民喜も、その一人であった。

さらに、意外だったのは、私が、文学の師として最も尊敬している佐藤春夫先生が、末永松子を愛していることであった。

私が、佐藤先生から、速達のハガキを受けとったのは、勤めていた書評新聞を退《や》めて、ペン一本で、生活しようとして、文壇には認められず、子供の読物を書きなぐってその日ぐらしをしている頃であった。

相談したいことがあるから、近いうちに来駕《らいが》ありたし、という簡単な文面は、私を、とまどわせた。

それまで、私は、先生とは、対坐して話を交したことはなかった。無名に等しい私にとって、先生は、厳峻《げんしゅん》な高峯であった。近づくことの叶わぬ文学の大先輩であった。

私は、ペン一本で生活しようとしてはいたが、芥川賞とか直木賞とか、そういう文学賞とは生涯無縁の作家でおわる気がしていた。はれがましく第一線に立つ人間とは思われなかった。野心など湧かしたこともなかった。

したがって、佐藤春夫という文壇の長老から、直接ハガキをもらうなどという思いがけない事態を、どう受けとっていいか、判らなかった。

ハガキを受けとった時、私の前には、一人の女性がいた。

内閣統計局につとめている二十六になる女性であった。ドイツ人を父親に持ち、複雑な育ちかたをした、由利という女性は、三月ばかり前から、週に一二度、私の家を訪れて、掃除と洗濯をしてくれていた。

私は、その前夜、彼女を、むりやり泊めていた。

由利は、私が抱きすくめた時、ためらいがちな口調で、

「出来心なのでしょうか？」

と、問い、私がそうではない、とこたえると、

「それなら、いいんです」

と、私の欲情を受け入れたのである。

単調な生活が、由利を抱くことによって破れて、おちつきをうしなった日に、佐藤先生のハガキを受けとったのである。

私は、自分の人生にチャンスが来たのを予感して胸をはずませた。

私は、由利にいった。

「君を自分のものにしたとたんから、僕の人生がひらけて来るらしいぞ。こういうものなんだな、世の中のしくみというやつは――」

由利は、微笑し乍ら、

「わたしを踏台にして、とびあがって行くわけ？」

「日本文壇が黙殺した男の才能を、素人の君だけが、みとめたのだ。みとめたから、僕のものになったのだろう？」

由利は、頷いた。

「悪党だ、僕は――。君の処女を、ポパイのホウレン草のように、食ったら、いきなり奇蹟が起った」

私は、午後、関口台町の佐藤邸を訪問した。

先輩のMやKのあとにしたがって、おそるおそる訪問したことはあったが、その時の自分が先生の記憶にのこったかどうか、疑問であった。

記憶にのこっていたから、先生は、私を呼びつけられたに相違ないのだ。

単独で、文壇の長老を訪問するはれがましさが、自分のような男にも与えられたのだ。

その応接間の、木枠の中に敷かれた三畳の、主人の坐る場所と客が坐る場所を、私は、すでに知っていた。

先生は、私を待たせなかった。

編集者であった頃、私は、幾人かの大家に、二十分や三十分待たされることに馴れていた。一時間以上も待った経験もある。

先生の姿が、すぐに現われたのに、私は、恐縮し、感激した。

先生は、自分の座に就くと、卓上のライターを、つけたり消したりしはじめた。それが、機嫌がいい時にするくせか、わるい時にするくせか、私は、まだ知らなかった。

手伝いの女性が、茶菓子を置いて去ると、先生は、その巨《おお》きな耳に、掌をあてて、かなりつよくこすった。

私は、せわしく動くその手の、弓のように反りかえった人差指を、ぼんやり眺めた。

「君は、末永松子を、どう思うかね？」

唐突な質問に、私は、とっさに返辞をしかねた。

「末永松子は、君を、愛しとるそうだね」

「はあ……？　末永君が、そう申しましたのですか？」

「うん。君に、ラブレターを書きつづけて、もう、およそ二百通にもなっている、といっていた」

「そんなに、もらったでしょうか」

「君は、末永松子のラブレターを、のこしておかなかったのかね？」

「はあ、ぜんぶ破りました」

「君は、作家になる資格がないね。……君には、末永松子の性格の面白さが判っていないようだ。彼女は、私がこれまで出会った女性のうちで、いちばん面白い女狐だ、と思っている」

私は、あわてた。

末永松子を無神経な、執念ぶかい煩《わずら》わしい存在としか思わなくなっていた私は、自分の尊敬する文壇の長老から、思いもかけぬ言葉をきかされてたちまち彼女が自分にとって、重大な存在にすりかわるのを、おぼえた。

「実は私は、末永松子を好きなのだ」

佐藤先生は、つつまずに、いった。

「好きになってみると、末永松子が、どういうことを考えているか、だんだん判って来た。私が、好きな男がいるのではないのか、と問うと、いる、とこたえた。それが、君だった。なかなか、名前をいわなかったがね。……末永松子がいうには、自分の知るかぎりの男の中で一番才能があり乍ら、まだ機会にめぐまれずに、子供の読物を書いている。ときけば、君であることが、すぐ判った。私は、末永松子に、Rにいいものを書かせて、機会を与えてやろう、と約束した」

「…………」

「君に、その気があれば、だがね」

「やります。……やってみます」

私は、こたえた。

「ところで――」

先生は、再び、せわしくライターをつけたり消したりし乍ら、

「君と末永松子の間は、どのあたりまで、進んでいるのだろうか？」

「はあ……」

「彼女は、私には、接吻までは許す。しかし、それまでで、あとは、するりと逃げてしまう。狡智《こうち》にたけた女狐なのだね」

「…………」

「彼女は、君にとっても、女狐かどうかだね」

「僕にとって、末永松子は、べつに、女狐とは、思われませんが……、変った女性とは思います」

「あれだけ面白い女性は、十万人に一人もいないだろうね」

先生は、私に、二人の間にすでに肉体関係があるかどうか、白状を迫った。

前年の夏、鵠沼《くげぬま》のさびれた旅館で、私は、末永松子と、たった一度、その機会を持っていた。しかし、私は、その時、殆ど不能者であり、時間切れぎりぎりでようやくゴールインした惨めな記憶が、二度と、機会をつくらせていなかった。

「末永松子は、そういうことはない、と否定したが、私は、ある、とにらんだね。どうかね？」

私は、ここで、末永松子の否定をくつがえすのと、そらとぼけるのと、どちらが、先生に対して、自分の立場を有利にするか、すばやく天秤にかけてみた。

先生が、接吻は許すがそれ以上は許さない、と言った瞬間から、先生は、佐藤春夫という偉大な詩人ではなくなり、ただの色狂いの老人として、そばへ降りて来たのを、私は、感じていたのである。

「一度、その機会がありましたが……、駄目だったのです」

私は、こたえた。

「駄目だった、とは？」

「その瞬間に、不意に、彼女は、とても烈しい勢いで、拒否しましたから……」

「ふむ」

「どうして拒否したのか、いまもって、判りません」

「そこあたりが、女狐の女狐たる所以《ゆえん》だろうね」

先生は、満足そうに微笑した。

私は、帰宅すると、由利をかかえて、

「やるぞ！ やるぞ！」

と、叫んで、踊りまわった。

煩しい存在であった女のおかげで、文壇の長老にはげまされて、陽の当る第一線へ提出する作品を書く機会を与えられたことに、私は、しかし、いささかも、うしろめたさをおぼえはしなかった。

手段はどっちでもいい。

文壇へ出られさえすれば、あとは実力にものをいわせるのだ。

ともあれ、この日から、末永松子は、佐藤先生と私とをつなぐ貴重な楔《くさび》になったのである。

原民喜の葬儀がおわった日から、私は、百枚ばかりの作品を書くことに、熱中しはじめた。

私は、その作品を完成するまでは、佐藤先生を訪問せず、また、末永松子にも会わない決意をしていた。

私の家には、なにかの集金人以外に訪問者は滅多になかったので、玄関の扉には、いつも鍵がかけてあり、私は、ブザーが鳴っても出て行かないことにしていた。由利は、いつも勝手口から入って来ていた。

夕餉《ゆうげ》時になって、台所で物音がした。

やがて、由利が、顔をのぞけて、

「ごはん、オーケー」

と告げてから、

「だれかが、さっきから玄関の前に立っています」

「男か女か？」

「女」

――末永松子だな。

私は、直感した。

ブザーが鳴ったのは、もう三十分も前である。私は、すておいたのである。

三十分も、辛抱づよく、立っているのは、末永松子以外には、いない。

私は、食事を摂り乍ら、

――あと十分待っていたら、会わなければならんだろうな。

と、考えた。

「ちょっと、出て来る」

私が立ち上ると、由利は、薄ら笑って、

「やっぱり、男って、人が好いところがあるのね」

と、言った。

玄関の扉を開けてみると、人影はなかった。しかし、外出の仕度をした私は、そのまま、歩き出した。

隣家の塀に沿ってまがると、まっすぐに、狭い道が、駅前の大通りまで、二町ばかりのびている。

昏《く》れなずむその道を、歩いて行った私は、ゆっくりと近づいて来る人影を見つけた。末永松子であった。

「やっぱり、出て来て下さると思っていました」

末永松子は、微笑した。自信を持った微笑であった。

私は、わざとむっつりして、肩をならべた。

駅前の大通りを横切って、くねくねとまがった道をえらんで、私たちは、歩いて行った。

これは、新宿への近道であった。

私は、末永松子に、先生にはしばしば会っているのか、と訊ねた。

「ええ、三日に一度はおたずねしないと、ご機嫌がわるいんです。でも、困るんです。

……奥様が電話をかけてらして、主人がお目にかかりたいと申して居りますから、と切口上で仰言《おっしゃ》るのですもの」

「君は、先生に、接吻までは許すのだそうだな？」

「先生が、そう仰言ったのですか？……いつか、先生が、むりやりに、接吻なさろうとしただけですわ。それも、たった一度だけ――」

私は、その言葉を信じなかった。

彼女は、先生が抱きかかえた時、いかにも、その時を待っていたように、目蓋を閉じて、接吻を受けたに相違ない。そして、先生の双腕《もろうで》に力がこもった瞬間、不意に、われにかえったように、突きはなし、遁《のが》れたに相違ないのだ。

私は、急に、この女とたった一回だけのまじわりしかしていないことに、苛立《いらだ》たしさをおぼえた。

この女を、素裸にして、滅茶滅茶に愛撫し、その結果を、佐藤先生に包まず報告したら、どうだろう。

私は、残忍な衝動にかられた。

その衝動が、新宿へ出ると、私に、とあるいかがわしいつれ込み旅館をえらばせた。

末永松子は、ちょっと逡巡《しゅんじゅん》の色を示したが、黙って、私に跟《つ》いて、部屋へ通った。

私たちは、無愛想な女中が、さっさと夜具を敷くのを、片隅に寄りあって、眺めた。

女中が、金を受けとって、去ると、私は、末永松子に言った。

「おれは、ついさっきまでは、君を、先生にゆずろう、と考えていた」

「わたくしは、芸者じゃありませんわ」

「まあ、きいてくれ。……佐藤春夫の知遇を得る、ということは、おれの人生にとって、たった一度しかない、文壇登場のチャンスなんだ。先生の推挙があれば、おれの作品には陽が当る。うまくいけば、芥川賞が、もらえるかも知れん。このチャンスをうまく摑んで、裏側から表側へ出るためには、愛人を売ることも、男としては、やむを得ぬ、とおれは、考えたんだ。おれは、君に、先生に一度だけからだを許してあげてくれと、三拝九拝しようと、思った夜もある。いや、いまでも、そんな気持がなくはない。……しかし、いまは、考えが変った。おれは、先生の詰問に対して、君とはまだ肉体関係はない、と頑張った。ドタン場になって、君が逃げた、とこたえてしまったんだ。先生は、信じなかったらしい。しかし、そうこたえてしまったからには、いまさら、嘘でした、本当は、一回だけありました、と言うわけにはいかん。……おれは、今夜、君を、ここで、抱いてそれを、先生に、報告する」

私は、当然、末永松子が、色をなして、かぶりを振るものと思い乍ら、そう言った。

意外にも、末永松子は、平然として、

「貴方が、そうしたいのでしたら、それでも、わたくしは、かまいません」と、こたえた。

私は、ちょっと狼狽した。

「その報告をしたら、先生は、おれの作品など、どこへも推薦しては下さらんだろうな」

「いいえ。先生は、そんなおひとじゃありません。貴方の作品が傑作なら、すぐに、どこへでも、推薦して下さいます」

「先生も人間だからね。……君を愛しているから、君が惚れたおれに、いいものを書かせて、陽を当ててやろうとしているのだ。おれの才能をみとめて、書かせようとしているわけじゃないのだ。もしかすれば、先生は、おれを一人前の作家にしてやれば、君が、からだを許すかも知れない、と考えているのかも知れない」

「ちがいます。わたくしは、先生の前で、貴方の作品を——悪魔らしく、という作品を朗読したことがあるのです。先生は、おききになって、才能があるようだ、と仰言ったのです」

「先生は、おれの作品など、ききたくはなかった。ただ、朗読する君を眺めていればよかっただけのことだろう」

「じゃ、才能がある、と仰言ったことも、わたくしをよろこばせるためだった、というのですか？」

「………」

「先生は、そういう点では、嘘を仰言る方じゃありませんわ。貴方は、本当に才能があるのですわ。わたくしなどが、先生におねがいしなくても、また先生がいなくても、貴方は、いずれ、文壇の第一線へ出て行くひとなのですわ。わたくしは、信じています」

私は、末永松子の口から、もう百回もくりかえされている言葉をきき乍ら、横坐りになって乱れた裾からこぼれた紅色を、凝視していた。

佐藤春夫という巨大な、重いものが介在して来た私たちの関係が、これまでのように、二人きりの隠微なものとして、このさき、世間からかくしておけないことを、私は、感じた。いずれ、遠からず、先生のペンによって、あばかれてしまうだろう。

私は、末永松子を、視《み》た。すると、彼女は、しずかに、立ち上って、うしろ向きになり、帯を解きはじめた。


私が、それから二月かかって書きあげた百枚の作品は、半年間を置いて、佐藤先生の肝《きも》煎《い》りで復刊された「三田文学」に発表された。

それには、次のような、先生の推薦文が添えられていた。


R・Sが心ならずも読者のために書いてゐる作品から脱《のが》れて自己のために一作を試みたいといふ念願を久しく抱いてゐると知つて、わたくしは彼に一篇の新作を慫慂《しようよう》した。病苦と闘ひながらやうやくに成つた新しい力作の中篇『デスマスク』は先《ま》づ自分の閲読に委ねられた。

期待にそむかぬ作品は、一読才気余りあつて少しく品格に欠けてゐるかの難を覚えた。思ふに、久しく通俗作品に慣れた筆の名残がまだ幾分揺曳してゐるのは是非もないとは思はれたが、作者の折角の意を重んじて、これをいたはり励ましながら、再三推敲を促すと、直ちに評言の真意を察知した作者の慧敏と即座に稿を改める労を惜しまない作者の謙虚な態度は、道を愛する人と思へてわたくしにも悦ばしかつた。

芸術に対する精進の並々ならぬこの作者の個性に富む絢爛なこの一作に対して、この稿を推挙したわたくしの庶幾《しょき》するところは、人々が先入偏見を去つて虚心淡懐にこれに接せられん事である。然らば、面白すぎるかに見えるこの眩惑的な作品のかげに、読者は必ずやこの作者の心奥に深い人知れぬ嗟歎《さたん》を聞くであらう。それがこの作品の人々に愬《うつた》へんとする真意なのである。

その作品は、その年上半期の芥川賞の候補になった。

しかし、大半の選考委員から黙殺された。ただ一人、佐藤先生だけが、その選後評に、

「わたくしは、当選作に決定しないまでも、R・Sのものを推す気持をすこしも変えていない」

と書いた。


（『別冊文藝春秋』第九十四号、一九六五年十二月）

巻末付録

文壇登場時代

一

昭和二十四年春、私は、勤めていた「日本読書新聞」を退社した。こういう場合は、文壇に一作みとめられて、それを足がかりにして、いよいよペン一本で立つ肚《はら》をきめたために退社するのが、常識であろうが、私はただなんとなく、勤めがめんどうくさくなって、やめただけであった。

世に問う作品をものにしてみせる野心が、いささかでも、あった次第ではない。

——なんとかなるだろう。

そういう気持ちであった。

われながら、無謀であった、といまにして、考える。

もともと、私は、毎日書斎から出て行くことが、きらいな男であった。書斎で、ごろごろしながら、雑書を読みちらすのが、性分に合っていた。学問と名のつくような研究を、コツコツとやるタイプではなかった。ねばり強さが、欠けていた。ただ、学問上ではなんの価値もなさそうな雑書を、手あたり次第、読みちらすのが、好きであった。

これは小学生時代からの傾向であった。小学六年のころ、志賀直哉、芥川龍之介、メリメ、トルストイ、落語全集、講談全集、婦人雑誌の通俗小説、はては、明治大正犯罪類聚といったたぐいの本まで、片っぱしから乱読したものであった。

いよいよ失業者になってみると、毎月定収入があるということが、いかにありがたいものか、身にしみてあじわった。私は、月に五万円あれば、生活できると計算し、五万円ぐらいは、カストリ雑誌に書けば、容易にはいって来るもの、とタカをくくっていた。ところがそのころから、カストリ雑誌が、軒並みにバタバタと倒れはじめ、たちまち、私のマーケットは失われてしまった。弱った。

もっとも、カストリ雑誌に、下等なエロ小説を書くことは、そろそろイヤになっていた。私が、読書新聞に勤めながら、カストリ雑誌に書きまくったのは、バラックのわが家を完成させるためであった。そして、どうやら、わが家の体裁がととのったので、私は、勤めをやめて、書斎に居すわったのである。

居すわってみると、下等小説を書くのが、いかにもなさけなくなった。それだけで食うということは、自らを三流作家にすることであった。ブックレビュー紙の記者をしていれば、下等小説を書くのはアルバイトになるが、ペン一本になれば、そうはいかない。

数ヵ月、書斎に居すわっているうちに、私は、下等小説で食うかわりに、児童読み物で食うことにすれば、世間のひんしゅくを買わずに、自分でも、これはアルバイトだと思うことができる、と考えた。

児童読み物で、生計をたてながら、世に問う一作をものしてやろう、という野心は、しかし、まだ起こってはいなかった。

私は、児童読み物専門のK社へ出かけてゆき、世界名作のダイジェストを、月一冊ずつ書く約束をした。定価百五十円、部数五千、印税六分――つまり一冊で四万五千円になる。これで、一ヵ月食える勘定であった。

私は、三百枚を、一週間で書きとばした。「クォヴァディス」「洞窟の女王」「オリバーツウィスト」「シャーロック・ホームズ」「モンテクリスト伯」「ポンペイ最後の日」「三銃士」「ノートルダムのせむし男」……およそ、二十冊も書いたろう。

このダイジェスト作業は、食わんがためではあったが、私は、どうやら、期せずして、大衆作家になるための修業をした結果になった。

「洞窟の女王」とか「ポンペイ最後の日」とか、こうした大衆小説は、実は、おそろしく、冗漫で、いたずらにムダな描写ばかりで、退屈きわまるしろものであった。蝸牛《かたつむり》の歩みにひとしいテンポの物語を、現代の少年少女に読ませるためには、原作をずたずたにぶった切って、最も簡潔な文章になおさなければならなかった。

その努力が、のちに、大衆作家になった時、役立つことになったのである。人間、努力はすべきものである。おかげで、毎年高額所得番付に虚名をさらして、国家に大奉公している。

二

世界名作のダイジェスト三百枚を一週間で書きとばすと、あとの三週間は、何もすることがなかった。

当時家人は、胸をわずらって、療養所にはいっており、私は、小学生の娘と二人ぐらしであった。

家は、新宿まで歩いて十数分の柏木にあったので、私は、毎日午《ひる》すぎ、新宿まで散歩するのを日課にした。道すじはきまっていて、その途中に、バラック建ての小屋から、へたくそなジャズ音楽が、けたたましく鳴りたてていた。そのうちに、戸口に、「ジャズ学校」という看板が、かかげられた。このジャズ学校から、ティーン・エージャーを熱狂させるジャズマンが、育っていったらしい。

幾年かのち、圧倒的な人気を持った某ドラマーと知りあった時、笑いながら、

「先生が、いつも、苦虫をつぶしたような顔つきで、あの道を歩いていたのを、僕は、お

ぼえておりますよ」

と、云った。

「よくおぼえていたね」

「真っ昼間、着流しのふところ手で、散歩している姿は目につきますよ。眠狂四郎の作者が、あの散歩者だったことが、わかった時、僕もどうやら名が出ていましてね、感慨無量でした」

ちょいとした通俗出世譚、といったところで、その晩、私とドラマーは、某所に泊まり、そのむくいで、二人とも、数日間病院がよいをしなければならなかった。

新宿へ出た私は、末廣亭の昼席をのぞくか、碁会所でひまをつぶすか、パチンコ屋にはいるか――行動半径は、きまっていた。映画はきらいではないが、真っ昼間、暗い場所にはいるのはもったいないので、敬遠した。それでも、時として、きょうは、映画を観てやろうと決心する日があった。

ところが、評判を耳目にして、その映画を観ようとするのではなく、また観ようと決心した日に、立派な作品が上映されているとは限らなかった。行きあたりばったりに、はいってみる。ものの二十分も、席に腰をおろしているうちに、あまりの愚劣さ、退屈さに、やりきれなくなって、おもてへ出て、となりの映画館にはいるのだが、そこでもまた三十分も我慢ならずに、出てしまうという、あんばいであった。

一日で、六館にハシゴしたおぼえがある。そして、ついに、一本もまんぞくに観通すことをしなかった。

これは、現在でも、そのくせがあり、私は、たいがい、途中で、席を立ってしまう。金を払ってはいったからには、いかにつまらなくても、最後まで観る、というケチくさい人のよさが、日本人にはある。そして、いつも、退屈させられたので、だんだん日本映画を観なくなってしまったのである。

寄席では、志ん生が、ようやく芸にみがきが、かかって来たころであった。圓生はいまだしであった。文楽は名人かも知れぬが、私の性には合わなかった。金馬も好きにはなれなかった。貞山《ていざん》はゲテであった。私は、先代の貞山を、学生時代、ずいぶんきいていたので、講釈師も、もはや人がいない、と思わざるを得なかった。

碁会所では、ついに、ザル碁におわった。時折り、梅崎春生に出会ったが、颯爽《さっそう》として、いかにも新進人気作家らしく、うらやましかった。もっとも、そのころから、多少アル中のけはいがあり、昼間から酒気をおびており、路上すれちがいがけに、見知らぬ若い女性の臀部《でんぶ》にさわって、

「なにするのよ！」

と、きめつけられる光景もあった。

やはり、私が、新宿で最もしげしげとはいったのは、パチンコ屋であった。

いまのように、ひとつずつ入れて打つのではなく、まとめて入れておいて、機関銃のごとく打ちまくるやつであった。めちゃめちゃに、玉を出した記憶は、一度しかない。あとは、ほとんどの場合、懐中無一文になって、帰宅したおぼえばかりである。

あれだけ、パチンコ屋へ日参しながら、そこで、ついに、一人の知己もできなかったのは、あれがいかに孤独なぐさみごとかという証拠であろう。

三

私は、天邪鬼《あまのじゃく》なところがあって、雑誌社に、原稿を持ち込むことが、どうしても出来なかった。

むこうから注文して来るなら、とびついて、書くが、こっちから持ち込むのは、なんとも屈辱感があって、それくらいなら、児童読み物を書きとばして日蔭でくらしていた方がいい、と考えていた。こういう点は、むかしも今も変わらずに、頑固である。人に頭を下げるのが、まっぴらなので、生来お人よしなのだが、世間からは、そう受けとられていない。

作家にならなかったら、私のような人間は山谷あたりでゴロゴロしているよりほかはあるまい。

「読書新聞」を退社して、翌年、佐藤春夫、木々高太郎両氏のきもいりで「三田文学」が復刊されることになり、私は佐藤先生に呼ばれて、力作執筆をすすめられた。

このいきさつは、これまで幾度か、書いたので、ここでは、除く。

私が、はじめて、やる気になったのは、佐藤邸の応接間にすわったおかげであった。やはり、凡夫には、きっかけが必要である。

私は、パチンコ屋がよいをやめて、その作品にとりかかった。「デスマスク」というのが、それであった。

三度ばかり、書きなおしてみたが、どうにも、不満足で、やりきれなくなり、佐藤先生に、あやまりたいと思った。

しかし、先生から速達が来て、いよいよ期限になると、私は、しぶしぶ、それを持参した。先生は、その場で、読んで下さった。

そして、通俗的な表現を全部けずってはどうか、と云われた。私は、赤面し、原稿を持ち帰ると、三日ばかり、文章をけずることに腐心した。

「デスマスク」は、「三田文学」に発表され、この作品に関する佐藤先生の言葉まで添えられた。これが、芥川賞の候補になったが、私は、受賞するとは、すこしも思わなかった。

その選考委員会では、佐藤先生ただ一人が、さいごまで「デスマスク」を推して下さった模様であった。私は、それだけで、満足であった。

私は、自分が陽の当たる場所へ出られる男ではない、という気持ちを、どうしてもすてきれなかったのである。

「三田文学」の直接の編集責任をとっておられた木々高太郎氏が、一日、私に向かって、

「芥川賞がダメなら、直木賞をとりたまえ」

と、すすめて下さった。

木々氏は、直木賞の選考委員であった。

直木賞をとれ、と云われても、そうおいそれと、それにあたいする作品が書ける自信はわかなかった。

しかし、ともかく、もう一度、やってみることにした。

私にとっては、望外のことで、まことに、よき師、よき先輩を持ったのである。この好機をのがしては、ついに、一作も世に問うことなくして、生涯をおわることになる。

私は、第二作を書きはじめながら、自分に云いきかせた。

私は、こんどは、百二十枚書いたが、書きなおさなかった。

「イエスの裔《すえ》」という、いささかキザな題名をつけると、やれやれこれで、責任をはたした、という気持ちになった。

あとは、直木賞の候補になろうとなるまいと、自分の知ったことじゃない、と思った。

さいわいに、直木賞を受賞したが、私は、あまり感激せず、

——そうか。やっぱり受賞したか。

と、なんとなく当然なような気がした。

受賞してからも、私は、一向にはりきらず、時折り短編を書くだけで、再びパチンコ屋がよいをはじめていた。

年譜をひろげてみると、受賞してから、二年ぐらいは、短編を五つばかり書いているだけである。生活は、地方新聞に安い稿料で、連載小説を書いて、しのいでいる。それは、きわめて、つまらない通俗恋愛小説であった。

四

そのころ、名もない出版社から「週刊タイムス」という週刊誌が出ていた。おそらく、新聞社以外で、はじめて出された週刊誌であったろう。

部数もすくなく、編集部員もわずか数人であった。しかし、決していかがわしい記事はのせず、良心的な編集をしていた。

編集長が、大学の後輩であったので、私が立ち寄ってみると、

「ひとつ、時代小説を連載してみませんか」

と、すすめて来た。

私は、それまでに、たった一編だけ時代小説を書いていた。

直木賞を受賞して、その受賞第一作を「オール讀物」に書くにあたって、私は、わざと、新講談のつもりで「河内山宗俊」を書いたのである。

受賞作「イエスの裔」が、地味なものであったので、受賞第一作は、派手な読み物にして、意表をついたつもりであった。

もっとも、なんの反響もなかった。

昭和二十六、七年ころの芥川・直木賞など、べつに、受賞によって、作家の名が売れるわけではなく、世間は知らぬ顔であった。注文など、さっぱり来なかった。私は、依然として、ひまをもてあましていた。

「週刊タイムス」の編集長に、時代小説を連載しないか、とすすめられても、とまどうばかりであった。大学の専攻は、中国文学なので「三国志」や「水滸伝」なら読んでいたが、日本の歴史についての知識は、皆無にひとしかった。徳川将軍の名すら、まんぞくに、ならべられそうもなかった。

私が「河内山宗俊」を書いた時、講談本一冊だけが、机の上にあったのである。

しかし、なにしろ、ひまであった。

「やってみるか」

「是非——」

めた。

というわけで、私は、「週刊タイムス」へ「江戸群盗伝」という時代小説を連載しはじめた。

やはり、これも、講談本から、種をひろった。梅津長門という人物を、江戸末期のアウト・ロウにしたてて、色模様とチャンバラをないまぜた。ところが、書いているうちに、自分が、意外にも、大衆作家としての才能があることに、気がついた。

私の経験によれば、大衆作家としての才能は、あらかじめストオリイをたてておかずに、ちょっとした思いつきで、書き出し、幾人かの主要人物を登場させるうちに、ストオリイができあがって来る——そのことである。

この十数年間に、私は、四十数編の長編時代小説を書いたが、いずれも、ストオリイなど組み立ててかかったことはない。

主人公の性格、環境だけをきめて、書き出すのが常であり、それで、なんとか、起承転結をまっとうさせて来た。

私は、史上にのこる英雄を——秀吉とか家康とか——その生涯を書くのは、好まない。そういうものを書く作家は、別にいるし、私は、架空の人物を主人公にしなければ、書く興趣がわかないのである。

秀吉にしても、家康にしても、いろいろ照明のあてかたがあろうが、その生涯を勝手に変えることは許されぬ。その制約が、私には面白くないのである。

——おれは、意外にも、相当なストオリイ・テラーだぞ。

「江戸群盗伝」を連載してみて、私は、いささかうぬぼれた。週刊誌の連載は、もちろん生まれてはじめてだし、テンポの早さを必要としたが、私は、すこしも締め切りに追われず、一回分を、ほとんど半日で、書きとばしたのである。そして、読みかえしてみたが、結構首尾一貫して、面白くできあがっていた。

——新聞小説とか週刊誌小説とか、おれに書かせてみろ。ヒットをとばしてみせるぞ。

私は、内心そうつぶやいた。

しかし、一向に、どこからも、注文が来る気配すらもなかった。

ときどき、月刊の中間雑誌が、短編を書かせてくれるだけであった。

五

年譜をひらいてみると、昭和二十九年から三十年にかけて、私は、月に一編ぐらいずつ、短編を書いている。いずれも、四、五十枚の短いものであるが、いずれにも、ひどく苦労している記憶が、よみがえって来る。「異説おらんだ文」とか、「刺客心中」とか、時代小説は、幾度も書きなおして、二週間以上も、かかっている。元来、あまり小説づくりは、うまい方ではなかったことを、みとめざるを得ない。

いったい、作家は、天才型と鈍才型に区分されるようである。わが師佐藤春夫などは、あふれるほどの天才を具備していた。「西班牙《スペイン》犬の家」などは、日だまりの縁側で寝そべりながら、半日で書いた、と師自身の口から、きかされた。私などは、後者に属し、学生時代、「三田文学」に書いた習作を、読みかえしてみると、どうしてこんな目もあてられぬものを、編集者であった和木清三郎氏が、載せてくれたのか、と首をかしげざるを得ない。なんとも云おう様のない下手糞さであった。これは、謙遜でもなんでもない。その当時の私の習作など、今日の同人雑誌の中にも見当たらないほどの、拙劣さである。

それが、曲がりなりにも、ペン一本で食えるようになったのは、書きまくることによって、次第に、うまくなったためである。鈍才たるゆえんである。時折り、私を生来の秀才と、錯覚している編集者に出会うが、そのたびに、私は、照れる。私は、学業は常に、中以下であった。作文など、かつて一度も、教師から、ほめられたおぼえがない。いや、むしろ、小学時代、作文の時間は、苦痛であった。

五年生のころであったが、秋という題で書かされた時、「庭の柿の木の実が、いっぱい赤くなった。うまそうだった」それだけ書くと、もう何も書くことがなくなって、そのまま、提出した、という記憶がある。

講談本を読むことは好きであったが、将来小説を書いてみようなどという料簡《りょうけん》は、皆無であった。いささかの取り柄があったとすれば、漢字をおぼえるのが、異常に早かっただけである。新学期になった時、私は、国語読本を全部読みあげていて、出て来る漢字をのこらずおぼえてしまっていた。そのおかげで、態度が生意気になり、教師から、よくなぐられた。

私のような鈍才の俗物は、編集者からおだてられ、そそのかされているうちに、次第に自信がついて来る模様である。

直木賞受賞後、私に、年に数回、注文してくれたのは「オール讀物」であったが、その注文がなければ、再び、ずるずると、児童読み物へひきさがったかと思う。もっとも「オール讀物」の注文は、小説だけではなく、ドキュメンタリーめかした読み物が、多かった。そこで、私は、銀座が造られた由来だとか、日露戦争がどういうきっかけで勃発《ぼっぱつ》したかとか、ジードが経験したカソリック教徒の陰惨きわまる肉親相姦だとか、ヒッチコック自身のスリラー体験だとか——目さきの変わった読み物を作った。

左様、作ったのであって、すべてまっ赤な嘘であった。事実でありげな嘘作りは、私にとって、大変いい修業になった。たとえば、そのむかし、日本の宮様が、フランスで交通事故に遭った、という事実があった。それをヒントにして、どうして交通事故に遭ったか、という原因を、さもまことしやかに、作りあげてみせる。うまく作りあげた時は、こんな愉快なことはなかった。

芥川龍之介は「きりしとほろ上人伝」の前置きで、いかにも古文書から、その話をひろいあてた、と書き、実は、その古文書なるものは、芥川の作りあげたでたらめであった由であるが、作家というのは、こういうところで、ひそかな愉悦をあじわっているものなのである。

いわば、作家は、嘘つき修業をやらねば一人前にはならぬようである。

嘘つき修業をやっているうちに、だんだん大胆になって来て、その小説が面白くなって来るのである。

六

「週刊タイムス」に「江戸群盗伝」を書いたころから、自分は、時代小説の方が、性分に合っているのではなかろうか、と思うようになった。そして、短編も、時代物が多くなった。

私が剣豪小説を書くようになったきっかけは、青山通りを、ぶらぶら歩いている時、石工が、石を割るのを、ながめたことによる。

石工は、かなり大きな石を、あちらこちら、ひっくりかえしていたが、金槌《かなづち》で、きわめて、軽くたたいて、真っ二つに割っていた。

私は、感心して、そばへ寄って、どうして、そんなにかんたんに割れるのか、とたずねてみた。

石工は、笑いながら、「石にも表と裏があってね、どこをポンとたたくと割れるか、その個所がひとつ、あるんですよ。つまり、人間でいったら、弁慶の泣きどころというところだね」とこたえた。

その言葉が、私の耳にのこった。

ちょうど「小説公園」という雑誌から、注文を受けていたので、私は、それをヒントにして、「一の太刀」を書いた。塚原卜伝の生涯を描いたものであったが、卜伝が、一の太刀を会得するきっかけが、石工が無造作に大石を割ってみせるのを目撃したことにあった、ということにしたのである。「一の太刀」が、私に、将来剣豪小説を書かせる自信を得させた。ちょうどそのころ、五味康祐が、この雑誌に、一刀斎がホームランをかっとばす、という奇想小説を発表していた。「小説公園」は、五味と私を、剣豪作家にしてくれた、といえる。

戦後十年を経て、出版界が、ようやく、マスコミの王座を占める機運を示していたころであった。

戦後、雨後のタケノコのように続出した新興出版は、軒なみに倒れ、やはり、老舗《しにせ》がその地力を発揮して来た。

神武景気といわれる経済の高度成長につれて、人々の生活のテンポが速くなり、その感覚に合わせて、雑誌ジャーナリズムも、変わらなければならなかった。すでに、テレビも、十万台にはいっていた。

それまで、週刊誌が、新聞社のものだけであったのを、出版社でも出せるのではないか、と新潮社が考えたのは、時代のテンポをみてとった烱眼《けいがん》であった。

昭和三十一年春に、「週刊新潮」が、はなばなしい宣伝とともに、創刊された。もとより、私などは、無縁の雑誌として、その新聞広告を、ながめているだけであった。

ところが、創刊されてほどなく、新潮社の重役S氏が、突然、私の家を訪れて、

「時代小説を連載してもらえませんか」

と、依頼して来た。

私は、それまでは、新潮社とは、まったく縁がない作家であった。「小説新潮」には、一編も書いていなかったし、もちろん、本を一冊も出してはいなかった。

すでに、五味康祐は、「週刊新潮」に、創刊号から「柳生《やぎゅう》武芸帳」を連載していたが、五味はS氏によって発見された作家であった。ほかの連載小説は、谷崎、大佛、石坂といった大家ばかりであった。

私は、S氏が、どうして私に白羽の矢をたてたのか、わけがわからず、いささかあっけにとられたかたちであった。

地方新聞に、二つばかり書いてはいたが、中央の一流雑誌にも新聞にも、連載などした

ことはなかったのである。

　まして、週刊誌の連載小説など、見当がつかなかった。

「毎号、読切りがいいですね」

　S氏が、注文をつけたので、私は、ますます面くらった。

「そんなこと、とても、僕には――」

　私は、しりごみした。

　S氏は、にやにやして、

「二十話ぐらいは、書けるでしょう」

と、こともなげに、いった。

　考えてみる、ということにしたが、私は、どんなものを書いていいのか、見当もつかなかった。

　三日ばかり、ほとんど徹夜して、考えたが、どうしても、「これぞ！」という思案が成らなかった。

七

「週刊新潮」へ連載小説を書く約束の期間は、三週間しかなかった。

何を書いていいのか、見当もつかぬままに、あっという間に、二週間が過ぎてしまった。こういう時が、作家にとって、最も苦痛な拷問である。ちゃんと腹案が成っていれば、むしろ、締切りが迫るまで、ペンをとらぬのは、それが熟すのを待つ快感があるが、暗中模索のまま、いたずらに日が過ぎるのは、学期試験に迫られながら勉強しないでいる学生に似ている。

書斎に寝ころんでいても、散歩をしていても、パチンコをやっていても、寄席にはいっていても、脳裡《のうり》の片すみに、不安な意識がこびりついていて、落着かぬ。

剣の強い男を主人公にしてやろう。それだけしか、考えていないままに、二週間が過ぎたのである。「一の太刀」で塚原卜伝を書いてみたとはいえ、剣客に対する知識は皆無であった。

私は、神田の古本店に出かけて行き、うろうろと書棚を見まわるうちに、「大菩薩峠」が、目にとまった。

「机龍之助か」

つぶやいたとたん、私は、はっとなった。

机龍之助――なんという新鮮な名前であろう。数十年を経て、なお、この名前は、あざやかに、われわれの記憶にとどまっている。私自身、それまで「大菩薩峠」を読んでいないにもかかわらず、机龍之助という名は、知っていた。「大菩薩峠」は、その第一巻「甲源一刀流の巻」が、大正二年九月から、都新聞に連載されている。中里介山が、この大作を書くにあたって、まず、千思万考して、思いついたのは「机龍之助」という主人公の名前であったに相違ない。

机龍之助という名が生まれた時「大菩薩峠」はすでに成ったも同じであった、と思われる。「歌う者は、勝手にうたえ、死ぬ者は、勝手に死ね」とうそぶくニヒリストは、それにふさわしい名前の所有者でなければならぬ。机龍之助とは、まさに作り得て妙なる名前である。

——よし！　おれも、一度見聞きしたら、絶対に忘れぬ名を、つくってやる。

私は、思いきめた。

剣に強い男が、従来の大衆小説の主人公のように、儒教精神の典型でないことは、すでに、きめてあった。

次つぎに、人を殺傷する男が、虚無主義者でないはずはなかった。

虚無、というものについては、私は、西欧文学から学んだだけでなく、戦争中の体験によって、自分流の会得をしていたつもりであった。

十九年四月、船舶兵となって、輸送船に乗り込み、南方ハルマヘラへ向かう途中、バシー海峡で、撃沈され、私は、七時間余泳ぐ体験を持っている。

私は、生来さして頑健《がんけん》ではなかった。鶴のごとくやせこけていたし、狭心症らしい発作も起こしていたし、胸部疾患の前歴もあった。したがって、バシーの大海原上で、長い時間浮いていて、生き残る自信は、全くなかった。

ところが、最もヒョロヒョロしている私が、一割にも満たぬわずかな生存者の中にはいったのである。

米俵を片手でかるがるとかつぎあげそうな頑健そのものの兵隊たちが、大半海底の藻屑《もくず》になってしまったのに、どうして私ごとき、肺活量も握力も人並み以下の男が、生きのこることができたか。

理由は、明白であった。七時間余の浮遊の間、私が全く無心状態にいたおかげであった。いかに頑健な者でも、母親や妻子の俤《おもかげ》を思いうかべたり、わが家のたたずまいが眼前にちらつくと、みるみる心身が消耗した模様であった。

私は、すでに妻子はあったが、浮遊しながら、ただの一度もおもいやりはしなかった。故郷の景色も生家の母の姿も、日の前にうかばせなかった。つまり、私は、全くの虚心状態でいた。そのおかげで心身を消耗させるのを、最少限にくいとめたらしい。

虚無とは、これだと、私はさとっていた。

ずはない。

八

斬るか斬られるか——その修羅場《しゅらば》をくぐり抜けてゆく男が、虚無主義者であり得ないはずはない。

これは、剣豪小説を書く前から、私の心中にあった。

当然、私が作り出す剣に強い男は、完全な虚無主義者でなければならなかった。

そして、虚無主義者は、それにふさわしい名前を持っていなければならぬ。尋常一様の名前ではないのだ。この男に、本名はある。かりに松平主馬之介、としておこう。この男は、この本名を使うことをきらって、自分で、奇異な、人が一度きいたら忘れられぬ仮名を、常に使うのだ。

私は、その日から、その仮名を、考えはじめた。その仮名が、きまれば、この週刊誌読切り連載小説は、成功するに相違ない、という確信ができた。

だれでも、一度、見聞きしたら忘れられない名前。これは、われわれ日常生活の中で、欠くことのできないものの中から、えらぶ必要がある。机龍之助の「机」は、すくなくとも、小説を読む人なら、必ず自分のものを持っている。そういうものが、ないか。

飯、はどうだ。飯では、どうも生活のにおいがつきすぎる。日常生活に欠くことができないものでありながら、しかも、多少の夢はふくまれていなくてはなるまい。

いよいよ、締切りが三日後に迫った時、私は、「眠」という名を思いついた。いかなる人間も、睡眠をとる。睡眠は、人生の半分を占めている。

――よし、これだ！

眠という姓がきまると、狂四郎という名は、すぐに思いうかんだ。

眠狂四郎

虚無主義者に、ぴったりの名前ではないか。

この奇異な名前を持った男が、なすであろう行為が、反道徳的であるのは、あたりまえである。従来の倫理観は、すべて、破壊されなければならぬ。

これまでの大衆小説の主人公は、一刀三拝式の剣を使い、女を犯さず、物欲に恬淡《てんたん》で、悪人に加担せず、夢裡《むり》にも正義漢でなければならなかった。常に、悪党ばかりをバタバタと斬って、めでたしとなった。生の人間が、そう都合のいい行動がとれるはずはない。

私の作り出す虚無主義者・眠狂四郎は、こうした求道《ぐどう》精神主義者ないし正義派に対して、完全なるアウト・ロウでなければならなかった。女も平然として犯す、悪人と知りつつ加担する、金もほしければ奪い取る――こういう反逆者でなければならなかった。

私は、「眠狂四郎無頼控」という題名をつくって、「週刊新潮」編集部に渡すと、その第一話で、さっそく、女を犯させることにした。

もとより、こういうアウト・ロウが、長い物語の主人公として、いつまでものさばる道理はない。約束は、二十話である。二十話ならば、なんとか、責任が果たされるであろう。私は、よもや、眠狂四郎が、それからの自分の作家生活上、最も重い比重を持つ存在になるであろう、などとは、夢にも思わなかった。

第一話「雛の首」が、「週刊新潮」に載ると、私自身あっけにとられるほどの反響があった。

映画会社五社が、映画化を申し込んで来たし、ファン・レターというものも、はじめて、私の机の上に積まれた。眠狂四郎は、わたしの生涯の恋人になるであろう、という三十歳のハイ・ミスの手紙などは、私を大いに照れさせた。

私としては、二十話をなんとか書きあげれば、つとめがおわるものと考えていたが、どうやら、この調子では、二十話だけでは、すむまい、という予感がした。

はたして、「週刊新潮」編集部からは、当分書きつづけてほしい、という注文があった。作家としては、冥加《みょうが》というべきであったが、週刊誌の読切り連載がいかに苛酷《かこく》なものであるか、私の難行苦行が、それから、はじまった。

九

たった一人の人物が、毎週登場して、何かの事件を片づけてみせる、という作業は、やってみると、これほどの難行苦行はない。

眠狂四郎が、何百話かになった時、ある批評家が「ある事件が起こり、狂四郎が出現して、解決して立ち去って行く、という同じパターンがくりかえされている」と書いたが、批評家というものは、こういう批判しか出来ない幼稚な公式主義者か、とあきれたものだった。

問題は、その「ある事件」なのだ。「ある事件」が同じであってはならぬのだ。次から次に、別の事件が、毎週起こる、ということが、作者の難行苦行なのだ。

たとえば、私は、眠狂四郎に、東海道五十三次を歩かせたが、お江戸日本橋と三条大橋とを加えて五十五次——すなわち、五十五回、それぞれ別々の事件を起こして、狂四郎にこれを片づけさせた。毎週、一度も休まずに、である。

狂四郎は、旅人である。一人の旅人が、五十三次を歩いて行きながら、ぶつかる事件、となれば、おのずから、その内容は制約される。一週間の期限では、ゆっくりと考えているひまはない。思案しているうちに、あっという間に、一週間がたってしまう。こんな苛酷な条件で、狂四郎を五十三次のこらず歩き通させたのを、私は、いささか、自慢することができる、と思っている。

もっとも、最初の「無頼控」の場合、二十話の約束が、延びはじめて、いったい、何話書けば、許してもらえるのか、見当がつかなくなったころは、毎週一話ずつ作るのが、地獄の苦しみで、いくたびか、「週刊新潮」編集部に対して、やめさせてくれ、と申し入れた。しかし、私に、狂四郎を書かせたS氏は、頑として、きき入れず、私は、新潮社の一室で、深更に及ぶまで、S氏とにらみあったことがある。たしかに、狂四郎には多くの読者がついたが、そんなよろこびよりも、私は、地獄の苦痛から、一日も早くまぬかれたかった。

「徳川家康」のように、はじめから大河小説として、構想が成ったものではないし、また、資料を机のかたわらに山積して書く時代小説ではなかった。自分の空想力ひとつたよりに書くのであった。毎週ヒョイヒョイと都合よく、ストオリイが浮かんで来るものではない。締め切りギリギリになっても、脳裡が依然としてカラッポである場合、全くどうすればいいかわからぬのである。

三十話過ぎたころからは、その苦痛の連続であった。そのころは、書斎を出て、ほとんどホテルにいて、夜な夜な、街をうろつきまわり、深更に及んで、酒場の片すみや、人の影のない舗道上で、はっとひとつのヒントをつかんで、ホテルへ帰って来ると、ペンをにぎるというありさまであった。机の前で、思いつくということは、十回に一度あるかなしであった。まことに、奇妙な難行苦行というべきであった。はた目には、放埓《ほうらつ》をきわめた生活に映ったかも知れぬが、当人は、そうするよりほかはなかったのである。

狂四郎を書きはじめるのと同時に、私は、「東京新聞」からも連載を依頼された。こちらの方は、比較的すらすらと、構想がまとまった。すでに、恋愛小説というものは、姿を消していた。私は、恋愛小説はあるべきものだと考えていたので、これを時代小説で書くことにしたのである。戦乱の時代ならば、山ひとつへだてても、すれちがう。したがって、「君の名は」のすれちがいが、なんの不自然もなく、やれるではないか。

私は、「ハムレット」を下敷きにして、その恋愛小説を書きはじめた。「剣は知っていた」である。

私は、しかし、主人公に恋愛だけをやらせるのが、いささか照れくさく、これに、すさまじいチャンバラをやらせることにした。吉川英治の「宮本武蔵」を、その時はじめて読んでみたところ、吉岡一門との下り松の決闘が、だいたい、新聞五回分ぐらいである。そこで、私は、十回分、チャンバラ描写だけをやってみることにした。しかし、七回まで、書くと、うんざりして、ついにやめてしまった。

（「読売新聞」一九六八年六月三～二十二日夕刊）

わが生涯の中の空白

作家というものは、生涯に一篇ぐらいは、私小説を書くもののようである。私小説ぎらいの私も、時たま、ひとつ書いてみようか、という気が起きないでもない。

家人との出会い、恋愛、結婚、家庭生活、夫婦間の葛藤、家人以外の女性たちとの関係、彼女たちとの苦痛をともなった経緯など――平凡な人生を送っているサラリイマンなどとは、一色も二色もちがった人生を、私もすごして来ている。したがって、書こうと思えば、書けないこともない。

しかし、私小説というものは、自分の恥部を、さらけ出さなければ、成り立たぬ。恥部をかくした愛憎の描写など、気の抜けたビールのごときものである。

私には、恥部をさらけ出す勇気も義理もないし、また、私生活を公表しなければ一人前の作家ではない、とも思っていない。

自分の個人生活のあれこれは、そのまま、胸中にしまって、あの世へ持参したい。あとには、柴錬という大衆作家がいた、というたった一行の記録だけがのこれば、それでたくさんである。

私自身、常に、妻子はじめ、幾人かの女性に対する加害者意識がある。被害者意識は、毛頭みじんもない。罪人は、神によってのみ、裁かれればよい。

ただ、ひとつだけ、いつか、ぜひ、書きのこしておきたい一事がある。

兵隊であった時の経験である。

事実ありのままを、自伝として、その三年間だけは、後世の人にも読んでもらいたい気持がある。

ところが、肝心の部分が、私には、どうしても、表現できそうもないのである。

私の経歴に、必ず書かれている、昭和二十年四月、輸送船がバシー海峡で、潜水艦に撃沈され、縹渺《ひょうびょう》たる大海原を流された——その数時間の出来事である。

この数時間の状況を抜きにしては、私の一兵としての記録は、意味をなさない。にも拘《かかわ》らず、私の思考の中で、この数時間が、全く空白なのである。

この空白を、言葉で埋めることは、不可能といっていい。文章を売って生活しているくせに、表現できないのは、まことになさけない次第だが、描写すべき心理の推移が、皆無なのである。絶望、悲壮、憤怒、悲哀、自棄——どの感情も、大海原のまっただ中に在《あ》り乍《なが》ら、私の裡《うち》に起った記憶がない。

つまり、たった一言の表現で足りるのである。

「ただ、茫然と海上に浮いていた」

これだけなのだ。

私が、他の兵隊と異質の性情を持っていた次第ではない。小心な凡夫にすぎなかった。

もし、私が、ヴィリエ・ド・リラダン伯爵のごとき天才であったならば、その数時間を空白のままにすててはおかなかったであろう。

ギリシャ王位継承権を要求し得るほどの大貴族の家に生れ乍ら、リラダンは、セーヌ河の橋の下で、乞食や浮浪者にまじって、夜をすごし、水でうすめたインキに羽ペンで「残酷物語」を書き、

「地球という一遊星のこともたまには思い出してやろうよ」

と、うそぶく豪宕《ごうとう》の気概を、みじんも失わなかった、という。

今日のパンにさえありつけぬ、洗うがごとき赤貧の橋下ぐらしで、その夢想を、いよいよ壮麗にして典雅なるものに昇華させたリラダンならば、愚劣な戦争の犠牲者となったその時、おそらく、すばらしい夢想と痛烈な嘲罵の言葉を生んだに相違ない。

一望見渡すかぎり、島影のない大海原へ投げ込まれて、いつになったら駆逐艦が救いに

来てくれるかわからない絶望状態に置かれるという禍難は、幾万人に一人の経験といっていいだろう。

当然、異常な孤独と恐怖と悲哀と憤怒の感情と感覚を心中にのこし、それを、後日、表現の技法を駆使して、作品とすべきである。いやしくも、作家として身過ぎをしている者ならば、そうする義務と責任があるはずだ。

それが、私には、不可能なのである。その意味では、私は、作家失格である。

私の脳裡に泛《うか》んで来るのは、きわめて明白な具象の光景であり、酒席などで披露（事実、これまで、知己には喋ったが）するには恰好の酒の肴《さかな》である。

私が、輸送船の甲板にそなえつけた高射砲小隊の兵隊にされたのは、大日本帝国陸軍の兵隊として最も卑劣な奴だったからである。

まず、私は、昭和十五年、大学を出て、徴兵検査を受けるにあたり、自分として為《な》し得る唯一の忌避の努力をした。すなわち、検査前の一月間、絶食をして、一米《メートル》六十八の身丈で四十三キロまで痩せこけた。

当時の徴兵検査は、甲・第一乙・第二乙・第三乙・丙という種別に分けられて居り、第二乙までは、入隊しなければならなかった。私は、第三乙になった。丙種は、徴兵検査場へも行けぬ病人か、でなければ、精神薄弱のたぐいであった。

私は、第三乙種になって、入隊をまぬがれた。たぶん、太平洋戦争が起らなければ、兵隊として召集されることはなかったろう。

昭和十七年二月、一枚の赤紙が、私を、相模原の重砲連隊へ、ひっぱり込んだ。三ヵ月の初年兵教育の間に、大学を出た私は、当然、幹部候補生の試験を受けなければならなかった。

幹部候補生の試験は、成績優秀ならば見習士官となり、少尉に任官した。これを、甲種合格といった。あまり優秀でないと、乙種といい、下士官になり、伍長、そして軍曹に昇進した。いずれにしても、私程度の頭脳ならば、甲種合格——士官になることは、まちがいなかった。

しかし、私は、この幹部候補生試験を、受けるのを拒否した。少尉となり、小隊長になれば、戦場に於ける戦死の確率は、きわめて高いからであった。私は、この戦争が敗北に終ることを確信していたし、二十代半ばで死ぬのは、まっぴらごめんであった。

受験を拒否した私は、内務班長（軍曹）から、半殺しの目に遭わされた。右眼が一月ばかり視力をうしない、前歯が三本折れ、半年間、跛をひいた。

二等兵にとどまった私は、三ヵ月の訓練が終ると、衛生兵にされ、横須賀にある陸軍病院へ配属された。

私は、その病院で、吉川英治の短篇「醬油賭」を思い出した。醬油というしろものは、小さな湯呑み一杯でも、飲むことは、大変な苦しさである。「醬油賭」の主人公である土方は、ドンブリになみなみと盛って、きゅうっと一息に飲み干して、賭に勝つのであった。これは、自殺行為である。心臓がやられるからである。

その土方は、賭に勝つと、悠々と飯場を立去るが、途中から早駆けて、風呂屋へとび込み、熱い湯につかる。すると、全身の毛孔《けあな》から、塩気が抜けて、一命をとりとめるのであった。

私は、この土方をみならって、仮病をつかうことにした。コップに六分目ぐらい、醬油を飲んで、百米ばかり疾駆するのである。すると、めまいを起して、ぶっ倒れる。心臓は、文字通り、早鐘のごとくになる。脈搏は、ふつう七十四五だが、この行為をやると、百二三十打つのである。診察しても原因は不明である。

私は、このテを使って、衛生兵のくせに、入院患者になることに成功した。さいわいに、私と同じ大学の医学部出身の軍医がいた。彼は、私の行為を看破したが、黙って、召集解除の手続きをとってくれた。

恰度《ちょうど》、一年後に、私は、再び赤紙を受けとった。

こんどは、広島宇品の暁部隊へ、某月某日某時までに来い、という命令であった。

暁部隊——これは、陸軍のくせに、海上部隊であった。すなわち、南方各地へ、戦闘部隊ならびに武器、糧食を運ぶ輸送船の甲板に、一個小隊が高射砲または機関砲を据えつけて、敵の空襲にそなえる連隊であった。

昭和十九年の初夏、汗ばむような一日であった。私は、絶対に生還できぬ、と覚悟した。南方の海は完全に、アメリカに制海権をにぎられ、潜水艦は、五島列島沖あいまで出没して、出て来る輸送船に、片っぱしから、魚雷をぶち込んでいる噂が、耳に入っていたからである。

広島宇品の砂浜には、砂地にじかにホッタテ小屋が建てられていた。そこが暁部隊であった。

私は、その建物に入ってみて、ふつうの連隊の内務班とは、全く様相が異なる雰囲気を感じた。軍曹も伍長も上等兵も一等兵も、一向に階級にしたがったくらしをしていなかった。

つまり、完全なごろつき部隊であった。上官をなぐって伍長から一等兵に格下げになった者、盗みとか強姦を働いて陸軍刑務所に入れられていた者、そして、私のように将校になるのを拒否したゴクつぶしなどが、集められていたのである。

私は、入れられたとたん、上等兵にされた。そして、三月も経たぬうちに兵長に昇進させられた。（どういうわけであったか、いまもって、この昇進は、不明である。たぶん、中隊長以下、女を買って、病気をうつされた時、私を必要としたからであろう）

ここでは、下士官も兵隊も、さして区別はなく、訓練もなく、ただ、ごろごろと無駄飯をくらってばかりいた。

そのうちに、つぎつぎと一箇小隊が、編成され、輸送船に乗って、日本を出て行った。そして、その九割は、帰っては来なかった。

尤《もっと》も、六回も出て行き、六回とも魚雷攻撃をくらって船が沈み乍ら、生還して来た、奇蹟的に運の強い男もいた。

やがて——。

私の番が、まわって来た。私は、その備砲隊附きの衛生兵として、輸送船に乗ったのである。

九千何百トンかのその輸送船は、釜山港へ寄って、そこから満州の関東軍千六百数十人を乗せて、どこかの南方の島へ送る任務を持っていた。

ここで、大日本帝国陸軍が、いかに人命を軽視したか——その証拠を述べておく。

千六百数十人の部隊は、船底へ入れられた。その上の階に、戦車とか大砲、弾丸などを積んだのである。人間は歩いて、乗り降りできるが、武器は積んだりおろしたりするのが面倒だからであった。

ひとたび、魚雷をくらえば、満載した武器の下にいる将兵の大半は、海底の藻屑となる。爆発した味方の弾丸で木っ葉《こば》みじんになる者もいれば、空中へはねあげられた戦車や大砲が落下して、その下敷きになって、せんべいのごとき最期をとげる者も出るのである。

夜明け前、船は、たった一隻の駆逐艦に護衛されて、バシー海峡を航行していた。

私は、甲板上につくられた医務室で、睡《ねむ》っていた。

突如、もの凄い衝撃をくらって、私は、ベッドから、板壁へたたきつけられた。

――やられた！　魚雷をくらったぞ！

私は、暗闇の中で、救命具（これをつけていれば、四十八時間、浮いていられる）を、身につけた。

二三分後に、船腹に、第二の魚雷が命中した。

私が、ドアを体当りで破って、外へ出ようとすると、上から、

「衛生兵、あわてるな！」

と、声が、かかった。医務室の上に、大本営と戦地を往復している連絡将校室があり、そこに、百戦練磨の大尉が乗っていた。

われわれの室は、船首にあった。

「いいか、衛生兵、魚雷は二発とも、船のけつにくらって居るから、けつから沈む。つまり、棒立ちになるわけだ。この沈みかたは、途中で、一時、停止する。その瞬間に、飛び込むんだ。肝心なことは、飛び込む時、両手で、キンタマをしっかとおさえていろ。さもないと、水面で打って、気絶するぞ。おれが、飛び込んだら、お前も、つづいて、飛び込

め。怯《お》じ気《け》づいて、その瞬間をのがしたら、船とともにオダブツだぞ！」

「わかりました」

私は、その連絡将校のアドバイスで、一命をとりとめたわけである。

金槌《かなづち》であっても、救命具を身につけていれば、溺れることはないが、船が沈む際、一度だけ、死にもの狂いに、泳がなければならない。

船が沈むと、凄《すさま》じい渦《うず》が起り、それに巻き込まれたならば、船内から浮上して来るさまざまな物にぶつかって、死ぬのである。

そこで、飛び込んだならば、すばやく、救命具をはずして、前方へ投げて、泳ぎ、泳ぎついては救命具を投げ、すくなくとも、船から二百米は、はなれなければならぬ。

それでも、渦に巻き込まれる。しかし、船内から浮上して来る物にぶつかる危険からはまぬがれる。


一万トンに近い輸送船が沈むと、おどろくべき多量の物品が、海上へ浮上して来るものである。私の記憶の中には、麩が小山のように、海上に盛りあがっている。

船底にいた南方上陸部隊千六百数十人のうち、九割九分は、船とともに、海底に沈んだ。

生き残って、海上に浮いているのは、船員と備砲小隊のわれわれと、奇蹟的に、魚雷があけた穴から匍《は》い出て来た兵隊であった。

バシー海峡の潮流は、おそろしく早い。

一時間も経たないうちに、浮上したさまざまの物品は、何処かに消えてしまった。浮いているのは、あちらに七八人、こちらに十三人、といったあんばいに、グループになって、駆逐艦が救助に来てくれるのを待っている人間たちであった。

さて、その駆逐艦だが、潜水艦の攻撃を警戒し乍ら、救助するのであるから、そこへやって来ても、各グループ全員を一時に、ひっぱりあげてはくれないのであった。さっとやって来て、一グループをひきあげると、さっと逃げてしまう。そのあと、どれくらい経ったなら、救いに来てくれるのか、わからない。そのまま、救いに来てくれないかも知れなかった。

そのために、

——あっちの群に加っていた方が、さきに救われるのではあるまいか？

と、別のグループへ泳いで行き、しばらくするうちに、

——いや、こっちの群にいた方が、救われそうだ。

と、移る——迷う者がすくなくなかったが、そういう者は、そのためにエネルギイをつかいはたして、どこかへ流されて行ってしまった。

また——。

筋骨逞《たくま》しい健康そのものの肉体労働者上りの者が、父母や妻子や故郷の家のたたずま

いなどを、思い浮べて、ぼろぼろ泪《なみだ》を流しはじめると、もはや、かれは生命を放棄したことを示しているのを、私は、見とどけた。

なぜであったか知らぬ。

私は、終始、茫乎《ぼうこ》として、何も考えず、どんなことも想わず、ただ、小山のような大波に乗せられたり、落されたりするままにまかせていた。

その痴呆状態が、私の能力の消耗を、最小限にとどめてくれた、といえる。

私は、それまで、神を信じたこともなければ、禅の修行をしたこともない男であった。

したがって、私の無心は、信仰によるものでもなければ、修練によるものでもなかった。

死ぬのが怕《こわ》くて、将校になるのを拒否したほどの小心者であった。

にも拘らず、絶望の極限状況に置かれて、どうして、無心でいられたのか？

左様、ただ一度、魚雷があけた穴から、匍い出して来た血まみれの紅顔の少年兵が、ついに、体力が尽きて、私のそばをはなれて、何処かへ流れて行くのを見送った時、不意に堪えがたい疼《うず》きが胸に起り、空を仰いで、ぶつぶつと、自分の専門の中国文学の中から、宋の曽子固《そうしこ》がつくった「虞美人草の詩」をえらんで、誦じた記憶がある。

どうして、杜甫や李白の佳句絶唱をえらばずに、「虞美人草の詩」を、えらんだのか、自分にもわからない。

この稿を書くにあたって、あらためて、その詩をひらいてみたが、なんとなく、その時、えらんだのが、わかるような気がする。

「鴻門の玉斗、紛《ふん》として雪の如し　十万の降兵、夜、血を流す
咸陽の宮殿、三月紅《くれなゐ》なり　覇業すでに煙燼《えんじん》に随《したが》つて滅す
剛強なるは必ず死し仁義なるは王たり　陰陵に道を失ふは天の亡すに非《あら》ず
英雄、本《もと》学ぶ万人の敵　何《いづくん》ぞ用ゐん屑々《せつせつ》紅粧を悲しむを
三軍散じ尽きて旌旗《せいき》倒れ　玉帳の佳人座中に老いたり
香魂、夜剣光を逐《お》ふて飛び　青血《せいけつ》化して原上の艸《くさ》と為《な》る
芳心、寂寞として寒枝に寄せ　旧曲、聞き来りて眉を斂《をさ》むるに似たり
哀怨、徘徊して愁《うれ》ひて語らず　あたかも初めて楚歌を聴きし時の如し
滔々《たうたう》たる逝く水、今古に流る　漢楚の興亡両《ふた》つながら丘土《きゅうど》
当年の遺事、久しく空《くう》と成る　慷慨《こうがい》、樽前《そんぜん》誰が為に舞はん」

三度ばかりくりかえして誦してみた記憶があるが、それだけのことであった。

それよりも、時間が経つうちに、からだが冷えて来て、小便をしたところ、これが胸の方まであがって来て、そのあたたかさが、たまらなく気持がよかった記憶の方が、鮮明である。

こうして、記憶を辿《たど》ってみると、私が、文学を志した青年らしい態度を示したのは、曽子固の「虞美人草の詩」を、ぶつぶつと口のうちでくりかえしただけで、あとは、麩の山

が盛りあがったとか、小便のあたたかさを有難いものにおぼえたとか、きわめてつまらない光景を、述べることしかできない。

つまり、痴呆状態で、数時間を海上ですごしただけの話である。

焼跡派と称する四十代の作家が、その敗戦直後の悲惨な少年時代の飢餓感を、現代のパニック状況にむすびつけて天下国家を憂え乍ら、個人としては「ベストドレッサー」を誇ったり、あるいは、人気作家になったとたん休筆宣告というスタンドプレイをやってのけたのち、週刊誌の連載小説再開にあたり、書きもせぬうちに、これは十二部（二十四巻）の構想だ、と思い上った大見得をきったり（そんな傲慢不遜な前口上を唯々諾々として載せる編集者も編集者だが）しているありさまを眺めると、

――おれが、海に浮かんでいた頃、陸《おか》にいた洟《はな》ったれ小僧の空腹感というものは、一生、その精神に飢餓の恐怖をつきまとわせるものだな。俄《にわか》長者の俄乞食か。

と、感慨ぶかいものがある。

阿川弘之が、「山本五十六」や「暗い波濤」を書き、年中軍歌を唄うのは、ただの一度も軍艦に乗って出撃、戦闘したことのない海軍大尉だからであり、三島由紀夫が、「楯の会」をつくったのは、帝国陸軍の内務班で、古兵にぶんなぐられたことがなかったからではないのか。また、四十代作家の世間をなめた瘡毒的行動や狡猾《こうかつ》な処世ぶりを眺めている

と、私が置かれたあの空白の数時間を体験させてみたくなる。

私は、時折り、人に問われて、眠狂四郎の虚無は、バシー海峡で数時間、泳いだ時の無心状態でいたおかげで生きのこることができたためかも知れない、ともっともらしい返辞をしているが、こじつけにすぎない。

空白は、あくまでも空白であり、これをペンで原稿用紙に埋める作業は、とうてい、私には、やれそうもない。したがって、私は、自伝を書くことは、ついに、ないだろう。

ただ、実生活上では、あの空白の数時間が、私に、一種の度胸をつけたことは、まちがいない。

小説のモデルの件で、暴力団のチンピラが、拙宅の応接間で、すごんでみせ、短刀を抜いて喚《わめ》いたことがある。その時、私は、ふっと、あの大海原に浮いていた自分を思い出し、対手《あいて》のすごんだ形相が、滑稽なものに見えて、笑い出したものだった。

「何がおかしいんだ！」

対手は、たけり立った。

「恐怖感が起らないからだ」

私は、こたえたものだった。

あの空白の数時間が、私の裡から、こういう場合に当然起るべき恐怖感を、けずり取ってくれたことは、たしかである。しかし、暴力団員ではない私には、生理的な恐怖感を起さないことは、別に必要ではない。「眠狂四郎が、無表情で、冷然と、人を斬る描写には、やっぱり役立っている」と云う人がいるかも知れないが、狂四郎以上にニヒルなアウトローを主人公にしている作家は、他にたくさんいる。べつに、バシー海峡の荒浪へとび込まなくとも、私は、週刊誌の需要に応じて、眠狂四郎をこの世に送り出したかも知れぬ。

とすれば、あの経験は、私の人生の上で、なんの意義もなかったということになる。ただの空白でしかなかったわけである。

数万人かに一人、という出来事に遭ったのが、なんの意義もない、となると、人間は、生きかたについて、妙にもったいぶった理窟をつける必要はないのではないか。四十代作家の肩をたたいて、「もうすこし、自然に振舞ったらどうだい」と云いたくなる。

一代で巨富をつくった実業家や、数百万の信者の上に立つ教祖などが、人生論の本を出しているのが、やたらに流行しているが、生命の危険の極限状態を数時間すごし、それが全く無意義な空白であることを知る私などには、なんとも、そらぞらしく、ばかげたお説教に思えてならないのである。そんなお説教など、生きて行く上で、屁の突っぱりにもなりはしない、と云ったら、これは暴言かねえ。

（『中央公論』一九七五年五月号）

解説

縄田一男

柴錬こと柴田錬三郎は、己が善良なる心を偽悪家としてのポーズを装うことで隠し、終生それを貫き通した作家であった、といえるのではあるまいか。例えば、柴錬がいかに善良なる心ばえの人であったかは、『乞食王子』（マーク・トウェーン）を巧みに換骨奪胎した『度胸時代』といった作品を一読すれば、たちまちに了解されることだが、彼は、そうした二、三の例外を除いて虚無的な主人公が無頼の剣をふるう時代小説を書き続けた。

ところで私が柴錬の書く時代小説に否応なく戦中派の作家に押された烙印《らくいん》を見たのは、彼と共に戦後の時代小説の隆盛を導いた五味康祐作品との間に、不思議な共通点を見出したからであった。五味の場合は芥川賞受賞作『喪神』に、そして柴錬の場合は、余りにも有名な連作『眠狂四郎無頼控』の中に——。

『喪神』に登場する剣客瀬名波幻雲斎の夢想剣は、臆病心に徹することで進んで相手を斬るのではなく、守りに徹し、こちらから仕掛けることはないが、相手が斬りかかって来た場合、護身の法として我知らず一刀の下に敵を斃《たお》すのである。つまり、敵を斬った時はまったくの心神喪失状態。我に返ると相手は己が足下に倒れ伏しているのだ、という。

一方、眠狂四郎の円月殺法の場合、刀が円を描くうちに相手を一瞬の眠りに陥らせ、これを斬る——すなわち、斬る者、斬られる者という立場の違いこそあれ、二人の作家は死を完全な空白の中に置いてみせたのである。

では、何故、死は空白の中にあるのか。

私が思いつくのは二人とも苛烈な戦場体験の持ち主であった、ということであった。五味康祐の年譜によれば、昭和十九年の項に「五月徴兵を受け、陸軍の椿第一六八部隊第二大隊機関銃中隊に配属、中支に派遣されて長沙・南京の間を転戦。この頃聴覚を侵される」とある。二十二歳の折である。そして、翌二十年、「八月、九江の近くで敗戦を知る。南京近郊にて捕虜生活」。そして二十一年二月、復員となる。

そして柴田錬三郎の場合は、いうまでもなく本書の中でも記されているバシー海峡における七時間余の漂流であることは言をまたない。生き残ろうとして必死に喘《あえ》いでいる者や、家族や故郷を思い泪《なみだ》を流している者が、次々と生命を放棄していくのを見乍《なが》ら、死を怖れる小心者の衛生兵柴錬は、終始、茫乎《ぼうこ》として波間に漂い、生き永らえたのである。柴錬は記している——「私は、日本に残っているすべてのものを脳裡から追いはらって、まったくの虚無状態にいたのである。私を、そうさせたのは、私が学んだ『文学』のおかげであった。レールモントフやメリメやリラダンが、私の生命を支えてくれた、といえば、キザにきこえるであろうが、事実まぎれもなく、私は、それらの文学者がのこしてくれた作品から学びとった虚無思想によって、体力の消耗を最小限にくいとめることができたのである」と。

しかし、いざ生命《いのち》生き永らえてみると、二人の作家に纏《まと》わりついたのは、自らがオメオメと生きのびてしまったことに対する慚愧《ざんき》、負い目、そして含羞《がんしゅう》だったのではあるまいか。そうした二人にとって、死とはおいそれと描けるものではない——それが前述の死を空白の中に置く、という小説作法に端的に示されたものの正体だったのではないのか。

が、作品を書いていくうちに当然それだけではすまなくなる。二人は死を真向から見据えなければならなくなり、そこで繰り返し行われたのは、自分たちの描いている虚構とは、死を従容と受け入れるためのものか、或いは死を超克するためのものか、という限りない自問自答だったのではあるまいか。五味康祐は山田宗睦との対談の中で「『柳生武芸帳』のなかの世界の構造は、私、日本浪曼派が追求していたものが、戦後という条件のなかで、もう一回生かされて出てきたんじゃないかと、前から思っていたんですけれどもね」という問いに対する五味の答え、「それはえらい好意的な見方ですね。ぼくが『武芸帳』書いたんは、そんなこと、なんにも考えてませんせん」が、何か抜き差しならぬことを聞かれてしまった作家の紛れもない含羞の表現でなくて何であろうか。なんにも考えてないわけはないのである。

そして柴錬の場合、私は中国文学に造詣《ぞうけい》の深かった彼が、武田泰淳『司馬遷―史記の世界―』の余りにも有名な冒頭の一節、「司馬遷は生き恥さらした男である」を、どのような自虐の心を持って読んだかを思わずにはいられない。が、また同時に、本多顕彰《あきら》の記した「生死の問題にぶつかったことのある人間は、一度神を見る、あるいは、見たと思う。現代人にとって、一旦見つけた神を、長く見つづけることは困難であろう。けれども、一度、神を見たことがあるということは、重大である」(「神を怖れぬもの」)という言葉もまた、思い直されずにはいられないのである。

そして文字通り、柴錬は、文学という神に仕え続けた。そしてその神を長く見つづけるために、己が優しき心＝含羞に、「無頼」という仮面をかぶせてポーズを取りつづけなくてはならなかったのではあるまいか。

さて、本書『わが青春無頼帖』は、昭和四十二年三月、新潮社から刊行された一巻で、表題作は、恐らくこの作家の唯一、私小説めいた一篇であるといえる。あくまでも私小説めいた、と記したのは、この作品が日本の文学史でいう、いわゆる私小説とはまったく別の地平に立って書かれているからである。柴錬は、虚構を排したといわれ、日本文学の伝統であるとされる私小説というものの芸術性に対して常に懐疑的であった作家である。それが敢えてこのような作品を書いたのは、己れの生き恥さらした含羞に満ちた越《こ》し方を売文の糧とするのは、本来、作家にとってどれほど自虐的な営みか、ということを身をもって証明するためではなかったのか。そんな痛ましい行為から果たして至高の文学が生まれるのか。文学とはあくまでも虚構――そしてそんな時〝無頼〟の仮面をつけた柴錬は、「自虐を裏返しにした虚構は、大いに当った。／嘘をついて、金が儲かる。いい商売である。深夜、空虚感におそわれるぐらい、なんだ！」（「独語」）とうそぶいたに違いないのである。事実とはぎりぎりのところで違う、限りなく虚構化された真実。本書はそうした柴錬の作家的営為が刻み込まれた、心の叫びともいうべき一巻なのではないだろうか。

（なわた・かずお　文芸評論家）

『わが青春無頼帖』（中公文庫、二〇〇五年三月刊）より再録

わが青春無頼帖

単行本　新潮社、一九六七年三月

文　庫　中公文庫、二〇〇五年三月

編集付記

一、本書は中公文庫版『わが青春無頼帖』（二〇〇五年三月）を底本とし、新たに随筆「文壇登場時代」「わが生涯の中の空白」を増補したものである。増補部分のうち、前者は『柴錬巷談』（講談社、一九六九年二月）を、後者は『柴田錬三郎選集』第十八巻（集英社、一九九〇年八月）を底本とした。

一、底本中、明らかな誤植と考えられる箇所は訂正し、難読と思われる語には新たにルビを付した。また、一部の固有名詞については、新字を旧字に改めた。

一、本文中、今日の人権意識に照らして不適切な語句や表現が見られるが、著者が故人であること、執筆当時の時代背景と作品の文化的価値に鑑みて、底本のままの表現とした。

中公文庫

わが青春《せいしゅん》無《ぶ》頼帖《らいちょう》
——増補版《ぞうほばん》

2020年9月25日　初版発行

著　者　柴田《しばた》錬三郎《れんざぶろう》

発行者　松田陽三

発行所　中央公論新社
〒100-8152　東京都千代田区大手町1-7-1
電話　販売 03-5299-1730　編集 03-5299-1890
URL http://www.chuko.co.jp/

DTP　ハンズ・ミケ
印　刷　三晃印刷
製　本　小泉製本

Published by CHUOKORON-SHINSHA, INC.
Printed in Japan　ISBN978-4-12-206933-6 C1195

各書目の下段の数字はISBNコードです。978－4－12が省略してあります。

中公文庫既刊より

い-8-8
青春忘れもの　増補版
池波正太郎
小卒の株仲買店の小僧が小説家として立つまで――。著者の創作のエッセンスが詰まった痛快な青春記。短篇小説「同門の宴」を併録。〈解説〉島田正吾
206866-7

い-2-7
浪漫疾風録
生島治郎
『EQMM』編集長を経てハードボイルド作家になった著者の自伝的実名小説。一九五六～六四年の疾風怒濤の編集者時代と戦後ミステリの草創期を活写する。
206878-0

い-2-8
星になれるか
生島治郎
直木賞受賞、睡眠薬中毒、そして再起へ。一九六四～七八年の綺羅星の如き作家たちの活躍を描く戦後ミステリ裏面史。『浪漫疾風録』完結編。〈解説〉郷原　宏
206891-9

み-10-24
文壇放浪
水上　勉
編集者として出版社を渡り歩き直木賞作家に。波乱に富んだ六十年を振り返り、様々な作家を回想。戦中・戦後の出版界が生き生きと描かれる。〈解説〉大木志門
206816-2

ま-12-24
実感的人生論
松本清張
不断の向上心、強靭な精神力で自らを動かし、つねに新たな分野へと向かって行った清張の生き方の根底にあったものは何か。自身の人生を振り返るエッセイ集。
204449-4

い-42-3
いずれ我が身も
色川武大
歳にふさわしい格好をしてみるかと思っても、長年にわたって磨き込んだみっともなさは変えられない――永遠の〈不良少年〉が博打を友を語るエッセイ集。
204342-8

い-42-4
私の旧約聖書
色川武大
中学時代に偶然読んだ旧約聖書で人間の叡智への怖れを知った……。人生のはずれ者を自認する著者が、旧約と関わり続けた生涯を綴る。〈解説〉吉本隆明
206365-5

こ-54-1
いい音いい音楽
五味康祐
癌に冒された最晩年の新聞連載コラム「一刀斎オーディオを語る」を軸に、クラシックとオーディオへの情熱が凝縮された究極の音楽エッセイ集。〈解説〉山本一力
205417-2

こ-54-2
西方の音 音楽随想
五味康祐
生涯の友、音楽とオーディオへの飽くなき希求。そして、音楽に触発された自らの人生。剣豪作家が遺した、斬れ味鋭い音楽エッセイ。〈解説〉新保祐司
206235-1

し-31-5
海軍随筆
獅子文六
海軍兵学校や予科練などを訪れ、生徒や士官の人柄に触れ、共感をこめて歴史を繙く「海軍」秘話の数々。小説『海軍』につづく渾身の随筆集。〈解説〉川村湊
206000-5

ふ-12-6
周平独言
藤沢周平
歴史を生きる人間の風貌を見据える作家の眼差しで、身辺の風景にふれ、人生の機微を切々と綴る。情感豊かな藤沢文学の魅力溢れるエッセイ集。
202714-5

や-1-3
とちりの虫
安岡章太郎
ユーモラスな自伝的回想、作家仲間とのやりとり、鋭く笑える社会観察など、著者の魅力を凝縮した随筆集。阿川弘之と遠藤周作のエッセイも収録。〈解説〉中島京子
206619-9

よ-17-9
酒中日記
吉行淳之介 編
吉行淳之介、北杜夫、開高健、安岡章太郎、瀬戸内晴美、遠藤周作、阿川弘之、結城昌治、近藤啓太郎、生島治郎、水上勉他――作家の酒席をのぞき見る。
204507-1

よ-17-10
また酒中日記
吉行淳之介 編
銀座や赤坂、六本木で飲む仲間との語らい酒、先輩たちと飲む昔を懐かしむ酒――文人たちの酒にまつわる出来事や思いを綴った酒気漂う珠玉のエッセイ集。
204600-9

よ-17-13
不作法のすすめ
吉行淳之介
文壇きっての紳士が語るアソビ、紳士の条件。著者自身の酒場における変遷やダンディズム等々を通して「人間らしい人間」を指南する洒脱なエッセイ集。
205566-7

各書目の下段の数字はISBNコードです。978－4－12が省略してあります。

よ-17-14
吉行淳之介娼婦小説集成　吉行淳之介
赤線地帯の疲労が心と身体に降り積もり、街から抜け出せなくなる繊細な神経の女たち。「赤線の娼婦」を描いた全十篇に自作に関するエッセイを加えた決定版。
205969-6

う-28-8
新装版 御免状始末 闕所物奉行 裏帳合㈠　上田秀人
遊郭打ち壊し事件を発端に水戸藩の思惑と幕府の陰謀が渦巻く中を、著者史上最もダークな主人公・榊扇太郎が剣を振るい、謎を解く！　待望の新装版。
206438-6

う-28-9
新装版 蛮社始末 闕所物奉行 裏帳合㈡　上田秀人
榊扇太郎は闕所となった蘭方医、高野長英の屋敷から、倒幕計画を示す書付を発見する。鳥居耀蔵の陰謀と幕府の思惑の狭間で真相究明に乗り出すが……。
206461-4

う-28-10
新装版 赤猫始末 闕所物奉行 裏帳合㈢　上田秀人
武家屋敷連続焼失事件を検分した扇太郎は改易された出火元の隠し財産に驚愕。闕所の処分に大目付が介入、大御所死後を見据えた権力争いに巻き込まれる。
206486-7

う-28-11
新装版 旗本始末 闕所物奉行 裏帳合㈣　上田秀人
失踪した旗本の行方を追う扇太郎は借金の形に娘を売る旗本が増えていることを知る。人身売買禁止を逆手にとり吉原乗っ取りを企む勢力との戦いが始まる。
206491-1

う-28-12
新装版 娘 始末 闕所物奉行 裏帳合㈤　上田秀人
借金の形に売られた旗本の娘が自害。扇太郎の預かりの身となった元遊女の朱鷺にも魔の手がのびる。江戸闇社会の掌握を狙う一太郎との対決も山場に！
206509-3

う-28-13
新装版 奉行始末 闕所物奉行 裏帳合㈥　上田秀人
岡場所から一斉に火の手があがった。政権返り咲きを図る家斉派と江戸の闇の支配を企む一太郎が勝負に出たのだ。血みどろの最終決戦のゆくえは⁉
206561-1

う-28-14
維新始末　上田秀人
あの大人気シリーズが帰ってきた！　天保の改革から二十年、闕所物奉行を辞した扇太郎が見た幕末の闇。過去最大の激闘、その勝敗の行方は⁉
206608-3